七斗七 插畫 塩かずのこ

Kadokawa Fantastic Novels

身為VTuber的我因為忘記關台而成了傳說 [7]

彩頁、內文插畫／塩かずのこ

小淡雪終於要踏入籠外的世界了嗎？
寵物逃跑啦！飼主（公司）搞什麼啊！
聊天室與其說是興奮不如說是在慘叫笑死。
真不愧是Live-ON，是Ｖ界的終點亦是底層。
別、別說是底層！她們還是很有人氣的！
是原點亦是頂點VS是終點亦是底層。
小瑪娜，妳挑的這位與其說是畢業生，
不如說是已經從人類畢業的傢伙喔。
graduation live
星乃瑪娜
畢業直播
#超新星爆炸
身為VTuber的
因為忘記關台
而成了傳說

迄今為止的前情提要

觀看次數：9,999,999,999次・2023/01/20　9999　155

小咻瓦剪輯頻道
15萬 位訂閱者

已訂閱

ㄐㄧㄚ ㄖㄣˊ【家人】的解釋

1・以「家」為中心相互連結的共同體。

2・基於舊制的民法規定，除了戶長之外的家庭構成人員。

3・隸屬於日本的 VTuber 經紀公司「Live-ON」，由最為無聊的朝霧晴、海〇與早〇小姐通吃的宇月聖、想剃光宇月聖頭髮的神成詩音、已經被洗腦完畢的晝寢貓魔、自稱有雙重人格的心音淡雪、正在和強〇競爭心音淡雪正宮地位的彩真白、無法原諒藍牙的祭屋光、腦子裡嘟嚕嘟嚕作響的柳瀨恰咪、想成為淡雪寵物的相馬有素、金屬樂團風格的女校王子苑風愛萊，以及別稱吧百列的山谷還所組成的集團。

第一章

五期生 1

「快開播了呢。」

「是呀，我的心臟跳得好快……」

「終於輪到我當上前輩的日子是也了嗎……」

「呵呵，小有素，妳覺得如何？有感受到自己的成長嗎？」

「嗯——……老實說我一點踏實感都沒有是也。」

「對吧。咱當時也是一樣喔。」

距離Live-ON公布了五期生出道消息過了約一個月，這天終於來臨了。

四期生出道之際，我是獨自收看的，但這次為了換個風格，我便試著邀真白白一起來看。在那之後，小有素也邀我一同收看，於是最後就變成像這樣，由我們三人一同收看了。與四期生出道時相同，為了讓聚光燈集中在新成員身上，所有成員們於是避開在同時段開台，幾乎是和觀眾們站在相同的角度觀看。

好啦，只剩下幾分鐘就要開播啦——

「因為有三個人，總覺得接下來的三個月將會風波不斷是也。」

「啊——畢竟這次出道的方式和四期生不一樣呢。」

「像那樣一鼓作氣全數出道的作法才不正常喔。」

沒錯，其實這次五期生的出道方式和四期生不同。雖然公布了這一期的成員共有三人，但今天出道的只有其中一人而已。

而第二人是從今天算起的一個月後出道，第三人也會間隔相同的天數依序出道。

官方似乎認為，一旦讓個性過於強烈的成員同時上場，會使觀眾們感到難以反應，所以才會嘗試新作法的樣子。

為此，相比我們那時，這次登台的五期生有著更長的出道時間。簡單來說就是官方希望這些新人們能更加平易近人地受到觀眾接納。

對於新成員來說，這樣的舉措實屬貼心之舉，我也舉雙手贊成。

然而——在決定執行這項措施的當下，差不多就等於宣布這次出道的全是些怪咖了，所以我現在處於混雜著期待和不安的複雜心境。

⋯⋯好期待呀。

：快開始了。

：我的心跳莫名加快了。

：Live-ON真的愈來愈多人了啊，世界真大啊……

：感覺會弄出抹布超人之類的玩意兒。

在直播台的聊天室裡，眾人看似早已迫不及待，可以看到宛如急流般的大量留言。

「嗚哈——！正在等待的人數多得好噁心是也！比我出道時還要多上好多好多是也！」

「真的耶……一想到得在這麼多人面前出道，咱大概也會緊張得要命吧。」

「我八成也會落荒而逃吧。」

「喂，Live-ON的王牌，妳在胡說什麼？」

「王牌不准逃跑是也！」

「畢竟我是上一個時代的逃兵嘛！」

「不過小淡之所以會有現在，也是因為喝酒逃避現實的結果呢。」

「真白白，妳別講得這麼狠毒啦……」

「沒錯是也，是強○主動貼上來的是也。」

「小有素也別跟著亂講話啦……？」

我們打趣閒聊的時間並不長。隨著畫面切換成直播格式，我們也為之屏息。

也不曉得Live-ON是不是有遮遮掩掩的喜好？迄今公布的資訊，唯有貼在待機畫面的新成員剪影。而那漆黑的輪廓——終於要現出真身了！

『各位貴安，我名為宮內匡。是偉大宮內家的獨生女，目前就讀才華女學院三年級，並擔任學生會長。請各位多多指教。』

「「「喔喔喔喔……」」」

我們三人異口同聲地發出了驚嘆。

那光明磊落地自我介紹的態度，實在不像是出道直播的表現。她有著女中音的聲調，句尾拉低音調的語氣讓人印象深刻。這樣的講話方式，充斥著我這樣的小市民不得碰觸的高貴氣質。

至於展現於世的身姿——

她上吊的眼角展露著銳利的目光，眼眶裡則鑲著能感受到強烈意志的黑色瞳眸。

橘色長髮有著澎湃的髮量，在背後大大地散開，看起來也像是熊熊燃燒的火焰。而分開了瀏海的髮夾上頭，裝飾著一朵美麗的蓮花。

她給人的第一印象——

「好帥氣是也！」

被小有素這麼一語道盡了。

「相當俐落的設計呢……作為髮飾的蓮花緩和了尖銳的設計，營造出合宜的平衡感，真了不起。」

「咱覺得服裝也很不錯喔。雖然目前只看得見上半身，所以不清楚全貌為何，但大概是她提到的學院制服吧？看起來真華美呀。」

除了我和小有素之外，身為插畫家的真白白似乎也對這身設計相當中意，情緒明顯高昂了起來。

：來啦啊啊啊啊啊！

：貴安！

：好帥氣！

：好有氣質……可是好帥氣……

：給人火焰淑女般的印象。

留言的速度快得讓人目不暇給，整個聊天室都盛大地歡迎著這位新成員。老實說，我們也很想參與其中，但官方這次禁止我們出面留言，以防新人太過緊張。這回就乖乖當個觀眾吧。

話說回來，才第一位就如此貴氣——這就是Live-ON的五期生嗎——

『眼見諸多貴客都為了宮內我聚集於此，令我由衷感到光榮。身為偉大宮內家的一員，我對此感到無比驕傲……好啦！古板的問候就說到這裡吧！哈哈，嚇到了嗎？既然背負宮內家之名，就得做出不辱門風的優雅問候嘛。要是讓你們感到緊張，宮內我在此謝罪。』

：哦，氛圍變得柔和一點了。

：表現得游刃有餘呢——

：這真的是新人嗎？

：用姓氏當自稱呢。

：算是頭一次看到的類型嗎？

：想看全身！

原先有些嚴肅的問候語，在維持著英氣的同時，轉化為帶有親近感的音色。

……第一次直播想緩解的不是自己，而是觀眾們的緊張？

我第一次直播之際不僅一直吃螺絲，話聲還頻頻發抖，連自己都搞不懂在講什麼了呢……

現在Live-ON的錄取率肯定已經低到非常嚇人的數字了。光是能雀屏中選，或許就已經不能以新人稱之了吧。

『沒錯，因為由衷地以自己身為偉大宮內家的一員為傲，使用「宮內」作為自稱，便可說是這份念頭的體現。接下來想看宮內的全身？自然無妨！這是宮內我正在就讀的——源遠流長的才華女學院制服！不僅是家族的姓氏，宮內我也重視著自己就讀的學校，請你們一定要記住了再回去！喏，有看出腰際的花朵刺繡和髮夾一樣是蓮花的圖案嗎？蓮花的花語為純潔之心，也是我們學校的校徽。不過，宮內我頭上戴的是假花就是了。』

聽到觀眾想看制服，似乎讓她很開心。只見她喜孜孜地調遠鏡頭，映出了全身的姿態。身高……似乎只有一般水準？還挺意外的。

「喔喔喔好厲害！明明很清秀卻有夠色！讚爆！」

「真白白，妳亢奮得太過頭，形象都要毀啦……妳好像真的很中意呢……」

「但我似乎同樣能明白是也。那是和我與晴閣下完全不同款式的制服是也。」

小匡身穿的制服，是肌膚裸露度極低的款式。

長長的袖子以紮實的布料製成，裙子也彷彿不允許有絲毫暴露似的，是長及腳踝的長裙。

就第一印象來看，我認為這似乎是由水手服和修女身著的修士服混合而成的設計。感覺很有千金女校的風格？

只不過，若只是單純的混合款，多少會帶有陳舊落伍的氛圍。然而這套服飾藉由添加高雅的性感設計，成功地呈現出高貴感和新潮感。

制服以鮮豔的紅色作為基調，胸部等具備女性特質的部位採用白色，整體來說，則是讓肢體線條徹底突顯而出的貼身設計。

服飾整體看起來相當協調，不僅沒有消滅小匡散發的高貴氣息，同時也展露了華美的一面，很有VTuber的風格。

刻意不讓肌膚裸露的作法……真是讚！

『如何如何？是一套很漂亮的制服對吧！不僅可愛還兼具品味，更重要的是帶有潔淨之美！』

：的確，比起可愛，更適合用美麗來形容這身制服。

：而且還是穿在超級帥氣的女生身上，相得益彰。

：視覺效果太強烈了……

：果然是千金女校嗎？

：從校名來看，似乎是這樣沒錯？

『嗯，才華女學院是注重風紀和品格的一所學校。雖說是學院，但以前那種與宗教合一的風氣已經逐漸淡薄，現在大都改以學校稱之了。總而言之，是一間網羅了品行端正的學生的美妙學舍喔。』

喔——果然是千金女校呢！

好棒喔——總覺得有點嚮往呢……但要是實際去念，我八成會被嚴厲得要命的校規壓得喘不過氣吧……

：就連我這個紳士都覺得看起來超級色。

：胸部的部分用白色強調太色了。

：乾脆直接露出來不就得了？

聊天室對於制服的感想讚不絕口，就外觀留下的第一印象來說，小匡可說是大獲成功。

正當我冒出這般念頭之際——

『那邊那位！你剛才說了什麼？』

原本喜不自勝地展露制服的小匡語調為之一變，彷彿正中靶心的箭矢般的銳利語氣，讓包含我們在內的所有觀眾為之一僵。

『居然說要裸露胸脯？你是這樣說的對吧！給我出來！要是敢再說些性方面的話題，我宮內可是會大發雷霆的……』

空氣轉瞬間變得緊繃——即使做了這麼久的直播主，我也是頭一次看到聊天室安靜得宛如一灘死水。

這……是不是不太妙啊？

「這搞不好會出事喔。」

「搞不好是也。」

真白白和小有素似乎也感受到了和我相同的危機徵兆，語氣變得有些僵硬。

而我們同樣感受到的危機徵兆，便是指會不會越界的表現。

像這樣在許多人面前談話時，總有些話題是絕對不能越界的。而那條界線可能攸關倫常、政治或輿論，乃至於以渾沌聞名的Live-ON……不，以眼下的情況來看，正因為Live-ON耗費了漫長時光構築獨特的世界觀，才會出現那條絕對不能越過的界線。

這孩子在此時此刻，是不是就要越界了呢？我的直覺迸出了這樣的念頭。

『你們這些Live-ON的臭傢伙總是這樣！對於該知恥的行為恬不知恥，還像是忘了掩飾二字似的口無遮攔，享受著停止動腦思考的樂趣。這是極為愚蠢且低級的行為！必須加以規範才行！』

絲毫沒有察覺到我們的憂慮，小匡逕自助跑了起來，眼看就要像個跳遠選手般豪邁地越過那條界線。

不妙！這下真的很不妙啊！

『趁著這個好機會，宮內我就宣布吧！為何勃然大怒的我會想加入Live-ON呢？宮內我呀，是為了讓這低級的Live-ON變得潔淨！為了矯正而來的！說穿了就是Live-ON的黑粉！是來打倒妳們這些臭傢伙的！』

「要咱姑且和官方聯絡一下嗎？」

「就這麼辦吧。」

「她的語氣顯然不是在說笑是也！」

若只是要對我們發難倒還不成問題，但如果再說下去，她難保不會批判起Live-ON自由的風氣和觀眾們的喜好，甚至與之為敵。為了小匡今後的發展，我認為現在應該要暫且制止她的發言，讓她回歸正軌才對。

『宮內我——』

話又說回來，Live-ON，你們都在幹嘛啊？就算挑的都是些怪人，但你們不是一直有著能找出「閃耀之人」的優異眼光嗎？

糟糕，就連我這下也能明白，她現在正要大大地飛躍那條界線——

『宮內我！』

嗚！難道來不及了嗎——

小匡甩開了我們的手，在全力助跑之後，朝著遙遠的前方準備起跳——

『宮內我！對於被遮掩的東西會不受控制地興奮起來呀啊啊啊啊啊——！！』

「「「嗄？」」」

然後她繞了地球一圈，又回到了那條界線前方。

在變得一片死寂的空間裡，只聽得見小匡劇烈的喘息聲。

而在幾秒鐘後，像是重回水域的魚群般，原本凍得硬邦邦的聊天室登時轟動了起來！

：嗄？

：妳剛才說啥？

：笑死。

：！？

：我原本準備應變火災，結果砸了隕石下來是怎麼回事？

：我以為她會是臨危覺醒的個性，結果居然是狂轟濫炸型的Live-ON？

：居然有這類性癖好嗎！

：果然是還是Live-ON嘛！

：我莫名安心了。

：原來她是公布性癖好的ＲＴＡ玩家嗎……

：既然喜歡看那些看不見的東西，肯定有觀測天體的嗜好吧（愣愣耍笨

：也是有比起赤裸裸地展露更喜歡遮掩派的人呢……

：～今日徘句～Live-ON　就算黑粉仍舊是　Live-ON

「啊，喂喂，經紀人小姐？抱歉突然打給妳，咱想問Live-ON有沒有打算發售咪咪滑鼠墊呢？」

「真白閣下？您在問什麼問題呀？快點回來是也——！」

「嗯，對對，就是咪咪滑鼠墊。咱想出這種商品，應該可以吧？咱想揉大家的咪咪呀。對

吧？要是發售會很開心吧？啥？真白小姐的咪咪滑鼠墊當然有實用性啊？宰了妳喔混帳。

「啊、喂喂，鈴木小姐？可以和妳聊聊製作咪咪滑鼠墊商品的話題嗎？不行？這樣啊……」

「兩名前輩都打過去了是也……」

「畢竟咱電話都壞掉了是也……」

「啊哈哈……玩笑話就說到這裡，看來危險的徵兆似乎已經消失了……大概吧？」

「總是得講點什麼嘛。」

就在我們聊著這些時，小匡再次如數家珍地談起了神祕的話題。

『各位聽好了！人類最容易感受到興奮的時刻，不正是在揭開神祕面紗的那一瞬間嗎？正因為存在著悖德和隱匿，人類才無法停止追求智慧的步伐，不是嗎！』

……嗯，聽到這裡，我們原本因為話題跳得太遠而一度當機的腦袋，總算跟上了她的思維。

看來這孩子雖然具備Live-ON的才能，卻有著堪稱Live-ON黑粉的思想，是前所未見的直播主成員呀。

『宮內我有話要說！比起直接裸露胸部，穿上合宜強調曲線的衣服更能帶來視覺上的刺激！這不限於情色方面的話題，比方說恐怖題材──也就是恐懼這方面亦然。外國電影常用狂噴血漿的方式表現，但那一點品味也沒有！宮內我所追求的恐懼，乃是心靈方面的恐懼，宛如光是踏出一步或是流逝一秒，都會令人想拔腿就逃的真正恐懼。而這種情境只需要少許的血腥味。比起讓人看見流淌在自己體內的東西，有無法理解之物躲藏在前方的感覺更為恐怖，難道不是嗎？』

「哦——咱感覺能理解她的說法。」

「是這樣是也嗎？」

「嗯，在恐懼方面尤其解說得精闢。咱之前曾玩過一款恐怖遊戲，基本上是只有一個轉角，卻會在同樣的走廊上重複打轉的玩法。教人詫異的是，那看似枯燥的內容其實非常可怕，咱因為被嚇破膽，玩到一半就哭著放棄了呢。」

「咦？真白白，妳、妳居然嚇到哭出來了嗎？」

「啊……」

「嘻嘻嘻，真白閣下，想不到您也有可愛的一面是也嘛？」

「少、少囉唆！」

『宮內我剛才提到的兩個例子，共通點便是刺激人們的想像力。或許會是這樣、說不定會是那樣——促進這類念頭的思緒並非來自外在，而是源自自身的思考。正因如此，這種作法最能喚出自身最為強烈的情感。如何？這樣的說法並不難懂吧？』

：喔。

：原來如此……

：是天才嗎？

：老實說在發火的當下還以為是個難搞的傢伙，但的確不是不能理解。

：同意。日本的恐怖電影就是讚。

：但我察覺到嘍，這孩子很有可能是個傻瓜蛋。

：笑死。

『哎，宮內我不得不承認，剛才確實是稍微揭露了些許本性，但要是做出從眾的反應，反而更加詭異。說到底！這個Live-ON又是怎麼回事！？』

稍稍冷靜下來的小框，再次以火爆的語氣開口。

『這群人幾乎是以呼吸般的頻率開黃腔、講怪話、做出奇怪的行為，這裡難道是地獄嗎？無論怎麼想都太荒腔走板了！日本人該有的和（Wa）之心到哪去了？』

：草上加草。

：氣勢好強。

：寫作地獄，讀作Live-ON。

：・ワ（Wa）・之心的話有喔。

：各位成員，有人投訴嘍。

『醜話說在前頭，這也是因為享受著這般環境的各位觀眾不曾改變所造成的！是相當嚴重的狀況！得好好規範才行！Live-ON這樣的環境居然能博得熱烈的人氣，甚至持續增加粉絲，這樣的事實何等可怕……再這樣下去……再這樣下去，全世界都會受到Live-ON汙染！宮內我是為了正大光明地與全球等級的危機一戰，才會來到這裡的！』

：**哪有這回事！**

：**就說是傻瓜蛋了吧。**

：**妳的未來視**（註：電玩遊戲「異度神劍」的主角修爾克的能力）**失敗了喔。**

：**看起來不太安穩呢**（註：電玩遊戲「異度神劍」主角修爾克的口頭禪）。

：**妄想誇大得太嚴重啦。**

：**來到這裡種竹子是吧？**

：**宮內！**

小匡喋喋不休地說道。

最後，她先是強調了一句：『都給我聽好了！』接著——

『誠如剛才所言，宮內我要以Live-ON黑粉的身分改變這座地獄！都給我洗好脖子等著吧，宮內我要將Live-ON化為世界第一潔淨的場所！』

她這麼對我們宣戰了。

「真白閣下、淡雪閣下，在得知自己的第一個後輩是個黑粉時，究竟該怎麼反應才好是也……？」

「咱覺得只要笑就可以了喔。」

「我也曾被第一個後輩說要喉嚨的雞〇，所以她還算是正經的喔。」

「原來如此，這就是成為前輩的感覺是也嗎？」

我想絕對不是。

不過……我也覺得這次來了個在各種層面上都很糟糕的新人啊……

『唔，似乎稍微有些激動了，宮內我的自我介紹到此為止。接下來根據官方指示，宮內我會接受各位——也就是觀眾們提問。你們儘管開口吧，只要能回答的我都會回答。』

說著，小匡喝了一口水。

太好了，看來她個人的核心主張到此已經告一段落。

話又說回來，居然會在這種環節乖乖聽官方的話……既然都自稱是Live-ON黑粉了，我還以為應該會採取全面敵對的態度，但好像並非如此？

就在我冒出這般疑問的同時，有些觀眾似乎也萌生了相同的念頭，聊天室登時刷過了一串留言。

：用最快的速度揭露自己的性癖好，便等於封住了小咻瓦最擅長的招式——性癖好展開，就這方面來說實在反制得很好呢。

：這還只是第一人喔。

：感謝Q＆A時間！

：既然會乖乖聽從指示，代表妳和官方相處得很融洽嗎？
『至少宮內我不打算和官方唱反調喔。雖說是個黑粉，但宮內畢竟也是Live-ON的一分子，遵循方針乃是天經地義。希望大家別誤會了，宮內我的目的並非讓Live-ON從這世上消失，而是矯正後拯救世界。』
：本性是個好孩子笑死。
：宮內（哭）！
：沒有什麼比純真無邪的正義感更可怕了。
：潔淨的Live-ON不就和沒加髒東西的咖哩沒兩樣嗎？
：這也挺不錯的嘛。
：畢竟要是變得潔淨了，就會成為可愛女孩子齊聚一堂的組織呢。
：開始有人認為Live-ON才是世界的黑粉了呢。
「以沒有明目張膽地錄取壞人這點來說，Live-ON的官方果然還是很有一套是也呢。」
「但因為如此，咱也不曉得該怎麼應對才好就是了。」
「就是這樣喔，小有素。」
「咦？為什麼突然點名我是也？要結婚是也嗎？」
「「？」」

「？」

：具體來說是打算透過什麼樣的手段潔淨啊？

：我也很在意這個問題。

：如果不用強硬一點的手段，那幫傢伙是不會乖乖就範的喔。

『當然是要說服她們了！宮內會在一同活動的過程中好好道出自己的想法，讓她們察覺到自身的過錯！唯有察覺自己犯下了錯誤，人類才會有所改變！』

：真的是個好傢伙笑死。

：宮內————（感動）！

：和思想相比，手段未免和平過頭了。

：感覺已經是矯正無望了。

：說起來這根本不算是規範吧……？

『透過支配體制所打造的規範，總有一天會失去應有的效力。誠如同剛才所言，宮內我是為了正大光明地改變這個地獄而來的！』

：結果地獄這點沒變嗎www

：在Live-ON裡，「歡迎」的唸法是「Go To Hell」，所以這樣說沒問題。

：姑且確認一下，妳應該沒有要否定色情元素的意思吧？

『否定色情就等於是否定人類史喔。若是思考自己是如何出生，就能明白否定色情便是否定自己。色情確實是美妙之物，但是Live-ON，你的作法不行。』

：講得挺好的嘛。

：就是這樣！

：Live-ON被無條件否定了。

：學生會長平常都在做什麼？

：這麼說來，她好像說自己還是學生啊。

：這傢伙能當好學生會長嗎……？

『唔嗯，宮內我正是才華女學院的三年級學生，同時也是學生會長。學生會長的工作內容，應該和一般學校相差無幾才對。至於年紀已是成熟的十八歲。還有，那邊那個無禮之徒，宮內我可是以深受教師和學生信賴為傲喔！呼哈哈，畢竟為了打造自己的理想世界，宮內我自然而然地採取行動，最後便成功創造了有著嚴格規範的美麗學園呢！啊，才華女學院果然棒透了！宮內想將Live-ON變得像是它一般！』

：這理由不是挺不單純的嗎——www

：哎，畢竟這孩子的內在還挺變態的。

：就說是千金女校了，這種作風也與校風很合拍吧……

「該怎麼說？總覺得如果能對到她的頻率，應該就能相處融洽了吧。」

「也是，得注意她今後的動向呢。」

「應該說，她就算再怎麼不甘願，也會成為眾人的目光是也！」

：開黃腔的話，到哪個層級還算ＯＫ呢？

：雞雞。

「呀啊啊啊啊啊——！傻瓜！你這大傻瓜！這種話哪能說啊！豈有如此低級之言。所以我才討厭Live-ON！」

：這不是意外地能發出可愛的叫聲嗎（開心的失算）！

：連這樣都不行嗎……

：不過要是普通的成人在外面講出雞雞，馬上就會遭受到社會性抹殺喔。

：是我們被汙染得太嚴重啦。

：但我懂，隱藏的事物被揭發的瞬間所帶來的快感真的讓人難以自拔對吧，宮內！

『不，這樣的見解與宮內我略有不同……不對，與其說是不同，不如說我無法否定兩者有共通之處。但宮內我喜歡的是探求隱藏之物的過程，並不是真的很想知道最後的謎底……不對，剛才那位所言固然有共鳴之處，但和宮內我又有所不同……』

：？

雞雞

：這種堅持是怎樣www

：哦——是戀遮掩癖嗎？看來這類人士也挺有想法的呢。

：我是兩者都超級喜歡。

：是容易感到害臊嗎？可是剛才都落落長地講了自己的性癖好……

「……看來得打破一堵很厚的牆呢。」

「不過，她的反應意外地很可愛呢！」

「唔唔，聊天室產生了發萌的反應，意外地有兩把刷子是也呢……要是讓她擴張勢力，就會成為淡雪閣下的危機是也了！」

小有素，我想妳應該是不需要擔那種心才對……還有，別說是我的危機，是Live-ON的危機啦。

在那之後，小匡又回答了幾個問題。而這些問題可說是各有深淺。

：妳真的有勝算嗎？

：我只看得到同流合汙的下場。

：挑戰Live-ON是陷阱地城的一種遊戲分類喔！

：才不會輸給Live-ON這種貨色呢！

：真不可思議，我已經能預見下一格的結果了。

『呵、呵、呵，別小看宮內我喔？在擔任學生會長的過程中，宮內我已經在校內留下了各種功績。這間Live-ON想必也會在轉瞬間變得一塵不染吧！舉例來說，宮內我在要上健康教育課之前，可是會先向科目老師這樣叮囑的喔——「老師，不可以在上健康教育課時做色色的事喔！不可以用老師您的身體作為教材，也不能讓學生們實地演練喔！要是您這麼做，我宮內就會以學生會長的身分阻止您！」像這樣提醒對方！宮內我講這些話的時候其實很害羞，但就是得做這些事前的叮囑，才能好好守住學園的風紀呢！』

：笑死。我不行了。

：這種情節我只在色情漫畫裡看過啦！

：思考方式太過青春期了。

：是在哪裡學到這些知識的……

：老師肯定一頭霧水吧。她的反應是？

『老師先是愣了好幾秒，隨即露出看似死心的笑容摸了摸我的頭。勝利是宮內我的！』

：老師肯定是覺得看到一個傻孩子吧。

：結果只是做了些害羞的事啊。

：其他學生對她肯定也是這種態度吧。

『我在學校的時候不會一直講這種話啦！宮內我只會在必要的時刻採取行動，平時則遵守自身理念，保持著端莊。但這裡可是Live-ON！若不能無時無刻全力出擊，便無法矯正這渾沌的環境！』

「看來Live-ON不會出事了是也。」

「是呀。」

「咱下次就畫張小匡紅著臉向老師請求的畫作吧。」

：我還是不太懂遮掩的優點在哪裡，能麻煩再舉些例子嗎？

『唔嗯，我明白了。這個嘛……比方說，有種零食叫噗〇對吧？啊，宮內我要說的不是嗨〇，而是在縱長型塑膠容器裡放了軟糖的點心。你們不覺得相較於拿著成人玩具的輕浮女子，清秀女子拿著這類容器吃著軟糖的模樣更為色情嗎？』

：！？

：什麼？

：比我想像的還要高人一等啊……

：就說她的妄想能力和思春期的男生一樣啦。

：感覺很會享受人生。

：妳為什麼會覺得這很色情呢？

『什麼叫為什麼……咕呼呼、噗嘻，因為，就是那個……欸，你們應該懂吧？』

：wwwwwww

：噁心死了笑死。

：逐漸顯露出糟糕的一面啦。

：好像發出了邪笑聲嘍……

：腦袋沒問題嗎？

「？小淡應該聽得懂她在說什麼吧？」

「淡雪閣下，我也希望妳說明是也。」

「妳們兩個為什麼都以我會懂當成前提啊？」

『唔，剛才的比喻不好理解嗎……我明白了。為了能講得更加淺顯易懂，我就再拿點心舉個例子吧。假設這裡有兩條嗨〇，一條是草莓口味，另一條的口味則沒有公開——若是被問想吃哪一條，該怎麼做選擇呢？如果不是喜歡草莓成痴的人，多半會被好奇心煽動，選擇沒公布口味的那一條吧？而即使是選了草莓口味的人，想必也會逐漸對口味不明的另一條感到在意。其中最為重要的，便是在送入口中之前的這段時間。是否在事前知曉口味的差異，會嚴重影響這段期間對於情緒的影響。究竟會在嘴裡擴散開來的會是什麼滋味？是水果口味？是果汁口味？說不定還會冒出無端的猜想，覺得自己會吃到野味一類的古怪口味。這段期間遠比吃草莓口味時更為心跳加速，也同時是快樂的時光。宮內我想說的，基本上就是這麼一回事喔。』

：原來如此……感覺好像能懂。

：別突然這麼正經啦。

：不不，這個人只是頂著一張正經臉孔，其實還是在講性癖好的話題啊。

：對不起，我依舊聽不太懂。

『哎喲，真是的！比起聽到演員自稱專家，聽到自稱素人的時候反而會更加興奮吧！就是這麼回事啦！』

：OK我完全明白了。

：這樣說明真的好嗎……

：果然還是言簡意賅才好懂。

：這牽扯到的不只是戀遮掩癖的部分了吧www

「小淡，咱沒有經驗，所以對那些技巧一無所知，這樣妳也願意接受咱嗎？」

「妳、妳妳妳妳妳妳在說什麼啦？不，沒關係！我雖然願意接受但這這這這這這些話還是不能隨便亂講啦！」

「呵呵，咱開玩笑的啦。」

「淡雪閣下！我是個性冷感宛如死魚般的女人是也！」

「妳這樣說我也很難回應啊……是說這一定是在說謊吧？」

「如果有是條死魚的自知之明，就別亂動啦。」

「嗚嗚嗚……勾引失敗了是也……彈跳彈跳……」

：那安全的界線在哪裡？

：確實是很想知道界線為何。

『界線啊……宮內我認為若遵照世間的倫理觀念，應該不會有什麼大問題……』

：那杯子呢？

：杯子……？

：欸？為什麼會提到杯子？

『杯子應該很安全吧？……不對，等等，別停止思考。杯子、間接、唾液、液體、積聚……

這、這是怎麼回事？原來杯子是一種情趣用品嗎？』

「「「嗄？」」」

這是我們今天第二次異口同聲，同步率高得驚人。

『這是怎麼回事？得好好規範才行！但要是沒了杯子，又該如何補給水分？……不對，這樣想就錯了，只需思考不以性暗示的方式使用杯子即可。很好！宮內今後要用鼻子來喝水了！』

「「「嗄？」」」

人類要合而為一了。

『既然都說出口了，宮內我就得身先士卒，這就來嘗試看看吧……嘶嘶噗喔嘔嘔嘔！咳咳！吱嗶！咳呼啊啊啊！』

：——

：**真的假的wwww**

：**她到底想像了什麼光景……？**

：**Live-ON，真虧你們敢錄用她啊。**

：**為什麼她才第一次直播就要把水倒進鼻子裡？**

：**我只是隨便講個杯子，想不到居然會鬧出這種事……真的很抱歉。**

：**居然認真道歉了笑死。**

：**這已經不是新人，而是新人類了吧。**

『嗚嗚嗚……杯子大概還算安全……啊，已經到了要結束的時間了！那麼，宮內我今後會以Live-ON黑粉的身分開始活動。為了擊敗敵人，我會祈禱同志繼續增加的。Live-ON的臭傢伙們也聽好了！妳們就洗好脖子等著吧！呼哈哈哈咳噗！』

小匡的出道直播以明顯的哭腔做了收尾，最後則是在咳嗽聲中關台。

在直播結束後，目睹這一切的我們就和聊天室提及的一樣，開始談論起Live-ON究竟是不是誤把新人類視為新人的議題。

Live-ON今後應該也是熱鬧不斷吧……

宮內匡vs朝霧晴&小咻瓦

距離小匡出道後過了大約一週——

這段期間，她致力於單人直播。看來增加志同道合的夥伴——也就是她口中的同志，是小匡眼下的第一目標。

那次的出道直播過後，「Live-ON黑粉」一度進了趨勢榜，為小匡博得不少目光。當然，她的直播吸引了許多的觀眾。而她也透過各式各樣的方式，在一次次的直播裡傳達自己的理念。

也許是持續增加的粉絲帶來了自信，在某次直播裡，小匡一開場就喊著：「是時候了！」並終於正式宣布用口才辯倒Live-ON直播主的計畫（順帶一提，除了真正的同志之外，粉絲裡也有不少觀眾只是被小匡逗趣的形象吸引。但她本人並不在乎，將這些人視為「未來的同志」）。

哎，用我們的方式來說，就是要進行合作直播啦。這是在她出道後一週的事。

而在商量過合作的對象和日程後，這天——小匡的初次征戰日終於到來了。

「各位貴安。我是偉大宮內家的獨生女，同時也是Live-ON黑粉的宮內匡。今天是期盼已久的開戰之日，為了讓Live-ON變得潔淨，還請各位同志觀眾為宮內我加油。那麼……請敵方出場吧。」

她交手的對象如下——

「呀呵呀呵——！大家內心的太陽與Live-ON的原點，朝霧晴高高升起嘍——！」

「噗咻！咕嘟咕嘟咕嘟！嗄嗄嗄嗄！被說是如果不是咻瓦狀態就沒有擊倒價值的強〇成癮者！Live-ON的狠角色，小咻瓦來也的啦——！」

：**感謝您的對戰**（註：對戰類型遊戲結束後的問候語。亦用於「已知對戰結果時」的感慨）。

：**這是敗北劇情吧？**

：**無雙龍機波巴〇克**（註：對戰卡牌遊戲「遊戲王」的卡片「無雙龍機波巴薩克（暫譯）」，由於過於強力，曾一度破壞整體卡牌界平衡，在推出兩年後終於成為禁卡）。

：**是出了什麼問題才會誤挑到這麼可怕的對手？**

：**這孩子為什麼首次出戰就打算同時挑戰最終頭目和隱藏頭目啊？**

：**真不愧是宮內！超出了咱們的想像！**

：**打算從下方開始攻略地〇迷宮的女人。**

：**是不是以為自己在玩Undert〇le啊？**

：**女孩子**（註：典出電玩遊戲「Final Fantasy IV」序盤遇上的敵人「女孩子」（即日後的隊友莉迪亞），該場戰鬥會強制敗北）。

：**黑暗精靈**（註：典出電玩遊戲「Final Fantasy Ⅳ」中盤迷宮「磁力洞窟」的頭目，會先強制敗北一次後才能正式對決）。

：**庫吉辛**（註：典出電玩遊戲「復活邪神2」的主要敵人「七英雄」之一，首次交戰時必定會敗於他的「靈魂強奪」）。

：**漆黑騎士**（註：典出電玩遊戲「聖火降魔錄」系列的敵人，通常會以特別強大的敵方單位身分登場）。

：**蓓雅托莉克絲**（註：典出電玩遊戲「Final Fantasy Ⅸ」中盤的頭目，交手經過一定時間後便會被她強制擊敗）。

：**小咻瓦肯定喝得很爽吧**。

我雖然沒什麼立場開口，但這孩子真的很不對勁啊……

「呵，宮內我就稱讚妳們沒有落荒而逃的勇氣吧。但今天便是終結妳們長久以來的惡行之日，做好覺悟吧！晴前輩！小咻瓦前輩！」

「啊，居然會叫我前輩，好意外喔。」

「晴前輩，這不是當然的嗎？Live-ON是一處鼓勵好好稱呼前輩的環境。既然有這樣的規矩，宮內我就要好好遵守！」

「我果然就像是魚君（註：日本的魚類學家兼藝人，以對魚類的豐沛知識聞名）那樣，連『小』咻瓦都被當成全名了呢。還有，叫我小咻瓦大人啦！」

「小咻瓦大人！這樣可以嗎？」

「抱歉，還是叫我前輩就好。小匡真是個好孩子。」

「那還用說！至於妳們則是壞孩子！」

「嗯，總覺得經過這一番互動，我終於明白自己是多麼汙穢的存在了。」

「贏了……爸比、媽咪，宮內我贏了喔……」

「咻瓦卿？妳為什麼認輸了！這可是Live-ON的危機喔！」

「哦，不好不好，得守護家園才行。」

：是個好孩子哪……

：隱藏頭目別叛逃啊，妳是暗〇多拉安（註：電玩遊戲「勇者鬥惡龍6」的隱藏頭目。若在二十回合內擊敗他，便會加入我方，出手擊敗正篇的最終頭目）**嗎？**

：因為只花了一個回合就被擊敗，這也是沒辦法的事呢。

：居然稱呼雙親爸比和媽咪，真可愛。

：是說到底為何特地挑上這兩個人啊……

「呵、呵、呵！為什麼是這兩個人？這是宮內我深思熟慮的結果！就算矯正了其他直播主，一旦沒辦法打敗這兩個禍根，她們馬上又會墮入黑暗面！若不先斬草除根，驅除始作俑者，就算說服其他成員也是毫無意義呢！」

「那個——晴前輩固然是始作俑者沒錯，但我應該不在其列吧？我可是三期生喔？」

「妳這傢伙，忘記自己幹過什麼好事了嗎？自從妳發揮出真正的本事之後，就連原本那些還算正經的直播主們也一一被妳帶壞，妳就是讓Live-ON化為一團渾沌的元凶啊！」

「不不——我也沒那麼了不起啦。」

「我沒在誇——妳！」

這孩子真會做反應啊。她說不定有去當反應藝人（註：指以誇張的臨場演出製造笑料的諧星）的資質呢。

：宮內，妳有好好思考過呢！

：第一步就想跨出整體五成的嶄新思路。

：畢竟這罐酒幾乎和Live-ON引發的風波都有關連啊。

：而今天的小匡也……

「才沒這回事！宮內我可是明確地處於敵對立場，請別把我和迄今的那些直播主混為一談。」

「……我說，晴前輩？現在問這個好像有點遲了，但妳們為什麼會錄用她啊？」

「嗯——？我最近也以直播活動為主，所以不像之前那樣關注了喔？頂多只會做最後一層的把關而已。」

「既然做了最後把關，就代表您姑且還是和考核有關吧？但老實說，我目前其實並不覺得有什麼危機，只是她都自稱黑粉了，就想說錄取這孩子真的好嗎……」

「是我的肱四頭肌說了悄悄話，告訴我沒問題的喔。」

「那是哪裡的肌肉啊？晴前輩難道是〇力（註：「精靈寶可夢」的四手寶可夢「怪力」）不成？」

「呼哈哈哈！竟然給了宮內深入敵營的機會，我要妳們懊悔萬分！宮內我今天要和妳們好好促膝長談，導正妳們的惡行！」

「「哇——好和平的手段。」」

如此這般，我們與小匡的對決就此揭幕。

「好啦，我姑且先問一句，妳們有打算乖乖聽從宮內的意見嗎？」

「當然不可能啦。畢竟這股自由的風氣正是Live-ON的魅力呢！」

「唔嗯，雖然早有預期，但看來免不了與小咻瓦前輩一戰呢……晴前輩呢？」

「唔嗯…………」

「「晴前輩？」」

不知為何，晴前輩並沒有立即回答小匡的問題，而是看似苦惱似的沉吟不已。

難、難道說她要在這個節骨眼背叛嗎？要是晴前輩跳槽到那邊去，Live-ON真的會變得潔淨的！

「……嗯？啊，抱歉抱歉！我只是在想說小匡的暱稱該怎麼取，所以一直在煩惱呢。」

「什、什麼啊，嚇死我了……」

「該怎麼取好呢？咻瓦卿有沒有什麼想法？」

「欸……您怎麼突然徵詢我的意見……小匡……匡……Tadasu……Tada……su……」

「喂、喂，小咻瓦前輩，快住口！」

「欸？」

我明明只是在思考該怎麼幫小匡取個好暱稱，卻不知為何被她出言責難了。

「您現在想的肯定是——在把宮內我壓到床上後，讓我說出：『如果對象是小咻瓦前輩……匡的身體就是免費(Tada)的喔(Su)？』沒錯吧？這是何等猥褻的念頭，我非得設下規範不可！」

「我哪有這種念頭啊！是說，妳明明就不是會在句尾加上『的喔』的形象吧？應該說這根本就只是冷笑話吧！」

：出現啦，是傳家絕活www

：聞一知十，但其中有九項錯誤的女人。

：要是被這樣講反而會軟掉。

沒錯，就是這個。小匡近來粉絲逐漸增加的理由之一，便是這荒唐的妄想能力。

在她出道直播的末盤，其實就能看出一點徵兆了。看來這孩子是個腦子裡裝滿粉紅色妄想的女人，我都想問她是不是靠色情漫畫從義務教育畢業的了（正確來說，除了色情之外的部分也很糟糕）。

這口無遮攔的等級恐怕在Live-ON裡也是穩坐第一，連我都比不上。為什麼主張要多加管制的本人，卻反而在這方面最為糟糕啦！

哎，總之呢，由於有戀遮掩癖加上這樣的妄想功力，她便為自己塑造了有趣的形象，進而吸引了許多觀眾加入。

由於她起初給人的印象是高舉訴求的正經人士，能改以逗趣形象營造出親切的氛圍並廣受認知，確實是不錯的起步。但我也經常聽不懂她在說什麼就是了……

「嗯——該怎麼取才好呢？小匡有什麼堅持嗎——？」

「呵，妳就隨便取吧。不管被敵人怎麼稱呼，宮內我都不痛不癢。」

「這樣啊！那就叫妳『敵人』吧！」

「嘔嗚欸？」

小匡，妳是從哪裡發出那種聲音的？

「欸？咦？敵人？宮內我的暱稱是敵人？不不，這已經不是暱稱了吧——」

「咦——？可是呀，既然我們對於小匡來說是敵人，那看在我們眼裡，小匡也是敵人吧？」

「是、是這樣說沒錯……」

「那就沒問題了吧？」

「咦咦？不不，這和問題無關……」

「那就是敵人了吧？」

「……」

「那就是敵人了吧？」

「嗚嗚嗚……好的，請稱呼我為敵人吧……」

爭吵的能力也太弱了吧——！？

「喂喂，晴前輩，不可以欺負後輩啦——」

「哦，不好不好，因為反應太可愛了，我就不小心有些得寸進尺啦。」

「小咻瓦前輩……感謝妳。」

「不不，在感謝我之前，妳先正視自己輸得一塌胡塗的事實吧！對方不過是稍微施壓了一下，妳怎麼就這樣屈服了！真虧妳敢帶著這種垃圾嘍囉般的心靈挑戰晴前輩啊？就連我都能輕鬆打敗妳喔！」

「宮、宮內才不是垃圾嘍囉！剛才那個是……因為出其不意所以嚇了一跳罷了！只要是為了信念，宮內我絕對不會輸給任何人！身為偉大宮內家的一員，我的字典裡是沒有敗北二字的！」

「真的嗎？」

「暱稱該怎麼取才好呢……還是挑個沒人用過的叫法比較好吧……」

：宮內！妳這個垃圾嘍囉！

：要是被晴晴認定為敵人，那在這世上大概就不會有安身之處了吧。

：咬了巨龍一口的小狗。

：在場的氣氛已經被Live-ON支配了，看來沒有勝算啦。

「啊！對啦，小匡是學生會長對吧？那就叫妳『會長』吧！既然是學生會長，用這種叫法才像樣嘛！」

「嗯……也好，這種暱稱完全沒問題喔。呵呵，妳這不是很識相嗎！這是與宮內家之名相當匹配的──帶有權威感的稱呼呢！」

「真意外，最後居然取了個中規中矩的暱稱呢。但這樣真的好嗎？如果取了會長這種位高權重的暱稱，在接下來的討論豈不是會滅自己的威風？」

「放心放心。畢竟一期生這個沉重的頭銜已經在新人的面前築起一道高牆了，得從這方面打破牆壁才行嘛。我因為穿著制服，剛好適合這樣稱呼她呢。雖然念的學校不一樣就是了。」

「……難道說，您稱呼小愛萊為『頭目』也是這個用意嗎？」

「沒啦，只是因為她有成為頭目的氣度罷了。」

「什麼鬼啦！」

「因為組長的稱呼被人劫走了，會長就由我命名啦！」

「我也不是想劫才劫的啊……」

還是一樣恣意而為呢……

「哎喲，真是的！怎麼才剛開始就岔題了！雖說已經十八歲了，但宮內我仍是學生，明天還得上學呢。要是再這樣聊下去，豈不是要把直播的時間消耗殆盡了嗎！」

「咦？」

「嗯嗯？小咻瓦前輩，有什麼事嗎？」

「啊、不，沒事。」

由於稍微扯到了現實身分，所以我沒有多言，但小匡該不會真的是學生吧？還是說，這是為了維持形象而做出的發言？

如果她仍在學，就是Live-ON裡最年少的成員了呢……糟糕，把晴前輩這樣的人當成合法學生的話，那小匡豈不就是違法學生了——這樣噁心的念頭閃過了我的腦海。違法學生是什麼鬼東西啦？

「首先……也好，就從小咻瓦前輩開始說服吧。畢竟和晴前輩相比，妳有著實際的例子，應付起來應該比較輕鬆呢。」

「哦，要是太小看我可是會嚐到苦頭的喔？我的腦袋就算運作得沒有晴前輩那麼快，但我可是有強〇的呢！」

「那不是會讓腦袋運轉得更慢嗎？」

「呵，看來晴前輩還沒抵達那個境界呢。您不明白也是沒辦法的。」

「咦？為什麼我突然被看扁了？是說我是在哪方面被看扁了？沒抵達的境界是什麼東西？是腦袋逆向旋轉之類的話題嗎？」

「到底在聊什麼話題呀……」

糟糕糟糕，小匡發出傻眼的聲音了。

對啦！說起來，她剛才講了些耐人尋味的話呢。

「小匡，實際的例子是什麼？我有什麼相關的案例嗎？」

「當然有了，那便是淡雪前輩的身姿，並非小咻瓦前輩的模樣！況且宮內要說的並不是近期，而是初期的狀態。那才是宮內我理想的身姿呢。」

「啊——好懷念喔。」

距離那起忘記關台的事件已經過了頗久，我最近甚至會對那段期間產生懷舊感呢。說起來，我也有過那麼一段時光啊。

「不過，理想的身姿是怎麼回事？」

「呵、呵、呵，宮內我想說的是，初期的淡雪前輩是非常完美的存在喔！」

「咦咦？」

「儘管當時的妳以生澀而清秀的態度報上姓名，但明顯能看出妳懷抱著不為人知的內在，對於迸出了無數妄想念頭的宮內我來說，著實是理想的身影。哎，但想不到妳懷抱的居然是惡魔呀！」

「那不是惡魔，是強○喔。」

「請晴前輩不要講話！」

「生氣了——這就是ＪＫ（女高中生）最近流行的激怒強○丸（註：出自2013年左右的日本流行語「激怒噴噴丸」，為超級生氣之意）嗎？」

「ＪＫ之間哪會流行這種東西啦！而且這哏還有點老！是說妳既然穿著制服，那不就代表妳也是ＪＫ嗎！」

「咦？我看起來像ＪＫ嗎？咦——是喔好害羞喔嘻嘻嘻嘻——」

「為什麼ＪＫ被說看起來像是ＪＫ會這麼開心啊……？」

「我呀，從出道至今已經活動了超過三年嘍？我倒是要反問一句，為什麼我看起來會像個ＪＫ呢？就算說是留級，最近也有點沒辦法用這個當藉口了喔？」

「……總覺得有點抱歉。」

在兩人對話的當下，我正為出乎意料的話語感受到強烈的震撼。

現在的我遭到否定，不僅被說過去的自己更好，甚至還被當成理想的身影……居然有這樣的事……

不過，這世上充斥著形形色色的價值觀，就算再怎麼偏門的東西也會有人喜歡，因此也不算是多稀罕的事。畢竟也是有從出道初期就一直支持我到現在的觀眾嘛。

「話又說回來，想不到小匡居然對以前的我瞭解得這麼深呀？」

「那是當然的。在要批判某些事物的時候，就必須先對那項事物有著深入的瞭解。若不做好功課，不僅會淪為失禮之舉，還沒辦法做出一針見血的評論。宮內我在決定成為Live-ON黑粉的那天，就開始徹底地研究了Live-ON的所有成員。雖然知曉Live-ON的日子並不長，但就知識量來說，宮內我肯定不會輸給任何人。當然，我今後也打算繼續鑽研！」

「是個好孩子啊！小咻瓦也為之感動呢！」

「這樣的心態確實教人佩服，但問題在於妳批判的理由太過著重於自己的慾望了吧？」

「「…………」」

「啊，抱歉……」

宮內了不起！

啊……

：讓她閉嘴了www

：晴晴，手下留情啦。

：就以自己的慾望為優先這點來說，這孩子無疑是Live-ON的一分子啊。

：讓她挨了一記重拳呢。

：宮內——！別認輸啊——！

「對、對啦！宮內我不是為了自己，而是因為世界被Live-ON給汙染，也就是為了阻止世界的危機而戰！」

「就是說嘛晴前輩！她也在出道直播上這麼說過了呢！」

「嗯！也對！好乖好乖，會長，對不起噢？」

好險！要不是早已準備了明確的動機，小匡剛才就要被這股氣勢吞沒，就此俯首稱臣了……

差點真的要上演兩秒變母豬的情節了呢……

……這已經和二對一沒什麼關係了，就算讓Live-ON所有人一起向晴前輩發起論戰，應該也會全軍覆沒吧？

：呼……

：我莫名冒出了冷汗。

：我喜歡Live-ON，所以要是小匡勝利會有點困擾，不過剛才這一段讓我安心了笑。

：小匡好弱（小聲）。

：謝謝妳，小咻瓦！宮內就拜託妳關照了！

……咦？為什麼我變成得幫小匡打圓場了……？

她看起來本性還挺乖的，而且又散發著強烈的垃圾嘍囉氣場，所以滿難拿捏相處的感覺啊……

「就是這麼回事！宮內我希望淡雪前輩能回到那個時期！我想再看一次妳那清秀的模樣！」

「那個時期啊……雖然承蒙妳讚美，但老實說，那個時候的我一點也不受歡迎啊。就算現在走回頭路，也不會有人期待吧？」

「那只是因為觀眾們沒察覺到淡雪前輩的魅力罷了！妳無需擔憂，宮內我會成為推廣大使，讓大家明白初期淡雪前輩的好！」

說著，小匡像是抓到了盼望已久的機會似的，將自己的思想投射在初期淡雪上頭。

「首先，當時的淡雪前輩是很色情的！」

妳說……什麼……？

我居然會被用色情來形容？我說不定是頭一次被人這麼說……就算知道在講的不是現在的自己，還是讓我感到有些害臊呢。

：色情？

：不是要講氣色很糟嗎？

：講得超過分笑死。別逆轉原本的意思啦。

：如果是講初期小淡，倒也不是不能理解。

：先不論符不符合Live-ON的風氣，清秀果然是很有女人味的魅力呢。

喔，雖然人數不多，但還是有觀眾贊同呢！真的嗎真的嗎！

「妳當時清秀且有所遮掩的模樣，有種讓人想入非非的魅力所在。比方說，各位大可想像當時的淡雪前輩不小心講到和性方面有關的字眼時，慌慌張張地面紅耳赤的反應。即便展露出清秀的模樣，但也看得出她並非一無所知，進而讓人推斷出『原來她也對這方面有興趣啊』的想法，各位不覺得這樣的情境非常地煽情嗎？」

「小匡……妳說得真對！就是這樣！那時候的我是存在著色情成分的！」

「咻瓦卿？」

「與之相較，現在的小咻瓦前輩又是怎麼回事？妳不僅縱情飲酒，還主動開著黃腔去糾纏其他女人，這只能用低級來形容，根本無法煽動想像力！」

「說誰是低級的女人啊妳這悶騷學生會長！」

「咻瓦卿？」

「當時的淡雪前輩究竟去哪了呢……？她或許不是表裡如一的清秀女子，但這樣也具備了獨到的魅力！宮內我有話要說！當時的淡雪前輩搖擺於理智與慾望之間，是清純美少女纖細情感的化身！是一種美麗的藝術品！」

「沒錯！我是個清純的美少女！小匡，謝謝妳成為我的知己……我覺得自己獲得了救贖……」

「咻瓦卿……」

「但現在的小淡前輩……就算頂著美麗的外皮，也沒有絲毫的色情可言，甚至連女人都稱不上……簡直像是P〇P TEAM EPIC裡面的P〇P子（註：日本漫畫《POP TEAM EPIC》主角POP子）……」

「喂妳說誰是浪費多種天籟美聲的二頭身女人（註：在動畫版「POP TEAM EPIC」裡，兩位主角「POP子」和「PIPI美」每集都會由不同聲優負責，其中不乏聲優業界的大前輩）啊？可別仗著自己年輕就得意忘形啦！」

「咻瓦卿，妳這樣搖擺不定，是想變成節拍器嗎？」

終於連晴前輩都出言吐槽了。

哎呀不能怪我嘛。即便已經過了很長的一段時間，也被說過是在裝乖，但當時的我畢竟還是我，被稱讚的話當然也會開心呀。說起來，我那個時候被稱讚的機會可說是少之又少，這種新奇的感覺搭上心癢難耐的喜悅之情，著實讓我欲罷不能呢。

：奇怪？剛才是不是有第四個人出現了？
：逐漸展露苦笑的晴晴真可愛。
：節拍器有夠草。
：雖然被小咻瓦搶走了風采，但小匡也說了很詭異的話呢……
：俺可是聽得心領神會呢。
：咦咦咦……
：不過，若是在聽過她這些說明之後再看一次直播存檔，說不定就會有大開眼界的感覺喔。
：原來如此。

「呵，晴前輩～小咻瓦前輩差點被搶走，是不是讓妳很慌張呀？看來勝算已經降臨在宮內我的面前了呢！哈、哈、哈！」
「會長，妳不管制一下節拍器嗎？」
「嗄？管制節拍器？為什麼啊？」
「因為它會以固定的頻率發出聲音，而且還能操縱頻率呢！」
「——啊！原來是這麼回事？也就是說，若是讓位居下方的那人拿著節拍器，就可以藉由控制節拍器的速度向位居上方的那人傳達活塞運動的頻率對吧？這能在希望被粗暴對待但害羞得說不出口的時候使用，真是猥褻至極……根本就是情趣用品了嘛！管制！我要管制！啊！對了，也得將節拍器撤離學校才行！下次是不是該規勸音樂老師，請她只能在夜晚的音樂會上使用節拍器呢……？嗚嗚嗚，這麼做太丟人了啦……」

「我只是隨口說明了節拍器的功用，居然就能想像出這樣的應用……五期生真是了不起呢。」

「一期生！為什麼要為這種奇怪的事情感到欽佩啦！小匡也別和她認真啦！」

夜晚的音樂會是什麼鬼啊……

「唔──！咻瓦卿，妳好像從剛才就一直和會長站在同一陣線喔！我們之間的羈絆難道不存在了嗎──！」

「呵，我只是覺得身為前輩，就該對後輩溫柔一些而已喔。」

「真心話呢？」

「被她誇獎讓我好開心。」

「真好搞定！還有，被稱讚的其實是很久以前的淡淡卿，現在的咻瓦卿可是慘遭否定喔！」

「過去的我可說是不怎麼被大家在乎的存在，她竟然能找到可以稱讚的優點，作為當事人當然會很開心吧！」

「別只在這種時候露出很有女人味的反應啦……」

：哦，要內鬨了嗎？
：宮內！機會說不定來了喔！
：今天也是很咻瓦咻瓦呢。
：小咻瓦！我不管什麼時候都超喜歡妳的外貌喔！
：別在這種節骨眼做出渣到不行的告白啦。
「小咻瓦前輩……妳明白宮內我的想法了嗎！」
「我不敢說理解得很透徹，但身為一個溫柔的前輩，我不打算否定妳的想法！」
「宮內我好開心……那麼，小咻瓦前輩！」
「妳說吧！」
「有勞妳從今天起戒掉強〇了！」
「是喔是喔，很好，小匡，妳別以為可以活著回去了。」
「咿耶耶耶耶耶耶耶！？」
「溫柔的前輩上哪去啦？」
妳把我惹火啦！
：大草原。
：從未見過她氣成這樣笑死。

：那是感受不到知性的發怒方式啊。

：聽說有個前輩對剛出道的新人釋出殺氣了真的假的？

：好喜歡發出窩囊慘叫的小匡。

：被人命令把體液抽乾的話的確是會火大啦（笑）。

：那實際上等同於從今天起停止呼吸啊，這丫頭也太狠毒了吧……

「好、好可怕……為什麼要這麼生氣啦……」

「我和強〇乃是同生共死。要比喻的話就像是日本料理與白米、武士與刀、小還與奶嘴那樣的關係！」

「吧百列的那個，要是同生應該不太妙吧？」

啊，我能感受到體內的強〇正在賜予我力量……這是愛，這一定是愛情的力量。

沒錯，強〇果然是我的第一女主角。小強〇啾啾啾啾咕嘟咕嘟咕嘟……

「噗哈啊啊啊啊！我要被酒精搞到全身受精啦啊啊啊啊啊啊啊啊————！！」

「————」

「哦——哦——這下可真是咻瓦得相當厲害了呢！會長，如果想保護好重要的東西，就得和認真起來的咻瓦卿一戰了，妳做好準備了嗎？」

「那……那個……可以給宮內我一點重振旗鼓的時間嗎……」

「會長！不准逃！這是妳自己揭開序幕的故事吧？妳忘記自己的名字了嗎！」

「唔！的確！我名為宮內匡！身為偉大宮內家的一員，我絕不能落敗！我要戰鬥！我會戰鬥的！」

「加油乳頭——」

「剛才明明還那麼認真地幫宮內我加油打氣，結果突然就撒手不管了？也罷，小咻瓦前輩！別顧著喝酒了，請看著宮內我吧！」

哦？這小丫頭還打算挺身一戰啊？

好啊，就讓我用強〇真拳把妳打到鬥志全失。

「小咻瓦前輩！酒或許是很好喝沒錯，但附帶的風險也是多之又多啊！」

「哦，但那可是強〇啊。」

「呃、咦？不對，宮內，可別認輸啊！首先！喝太多的話會導致身體變差的！」

「但那可是強〇啊。」

「……只要妳還在喝強〇，就不會被稱為清秀的女性！」

「但我還是要喝強〇。」

「怎麼會……妳這傢伙……到底看到了什麼東西……？」

「應該是強〇吧。」

：這就是Live-ON本色。
：這已經和口才沒什麼關係了，只能用過於糟糕來形容。
：晴晴的吐槽也太www
：宮內！妳要逃也沒關係喔！
：同志竟然准許她撤退了？
：到底是戰鬥作品還是搞笑作品可以說清楚嗎？
：是強〇作品啊。
：那是哪門子的分類……
「哎，認真說起來，就飲酒量來說，我其實喝得並不多喔。況且我還設了養肝日，所以健康方面也沒問題！」
「是這樣嗎？宮內我還不能喝酒，所以不是很能明白……對晴前輩而言，小咻瓦前輩的作息也不成問題嗎？」
「若是在下播後也一直喝固然會是個問題，但她並沒有這麼做，所以應該完全是在安全的範圍內吧。咻瓦卿雖然總是說自己酒量不好，但其實她還挺能喝的呢。」
「沒錯沒錯！畢竟喝太多的話，真白白可是會氣呼呼地找上門來呢！換句話說，我的飲酒量是被真白白管理的喔。」

「飲酒管理……控、控管……」

「不需要控管也沒關係的喔。」

「居然讀出了宮內想說的話？小咻瓦前輩會超能力嗎？」

「我只是逐漸明白了妳的思考模式罷了。」

這孩子真的是喔……要是好好活用那般想像力，搞不好也能打造出天才等級的發明吧？

「呃——至於妳的另一個主張，是說『沒人稱呼我為清秀的女人』……」

「正是如此。妳剛才被宮內我稱讚的時候，不也表現得很開心嗎！不只是清秀二字，只要身為女性，都會想被人稱讚可愛或是美麗吧？宮內我不打算要妳否定自己，只是想闡述藏鋒斂鍔亦有得的道理。」

「原來如此……老實說，我確實會想被人稱讚呢。我想被猛誇一番，只要是喜歡我的人，我都會無條件地喜歡對方。」

「有卿呢？」

「存在著少數的例外。」

「既然如此！」

「不過呀，我可是深愛著強〇的。還需要除此之外的理由嗎？」

「咦？」

「心音淡雪愛著強〇。」

「突然帶鄰〇女孩哏誰聽得懂啊？」

「那我要開始唱了。不——用——擔心——♪」

「FOOOOOOOOOO！咻瓦卿好帥氣喔喔喔喔喔喔——！」

「————————」

這世上沒有任何事物贏得了愛。

「危、危險……這個人太危險了……現在的宮內我實在是疏於準備……得、得戰略性地撤退了！」

：這下要逃也是無可奈何。

：腦問（註：日本2019年流行語，為「腦袋有問題」的簡寫）。

：小咻瓦一旦強〇上身，就連晴晴都會為之苦戰喔。

：wwwwwww

：是那種迄今適應的規則全都不管用的隱藏頭目啊。

呼，果然強〇真拳是最強的，看來是完全勝利啦。

「好啦，會長，在小咻瓦之後該和我討論了吧！我已經等到不耐煩了呢！」

「咦？啊……這樣啊……那個……晴前輩～那個～……您、您是怎麼看待Live-ON的呢？」

「變得超級唯唯諾諾的了？剛才那強硬的態度上哪去了？」

「教訓小鬼果然爽快。」

「咻瓦卿，妳那個不是教訓，只是把對手揍到變笨罷了。」

：敬稱www

：地獄般的二連戰要開始啦。

：這就是以狠毒聞名的瑪蓮〇雅戰（註：典出電玩遊戲「艾爾登法環」的頭目「瑪蓮妮雅」，以高難度的二連戰聞名）**嗎？**

：Live-ON被猩紅腐敗（註：典出電玩遊戲「艾爾登法環」，為一種會侵蝕肉身和精神的強烈毒素）**侵蝕了嗎？**

「咳、咳咳！沒錯，在沒有締造任何戰果之前，宮內我是不會敗逃的！我要重振精神，至少也要試著說服晴前輩！」

「喔！這才是會長風範！」

「白骨也是這麼認為的（註：出自卡片遊戲「遊戲王」的卡片「白骨」。有段時間在影音網站（如Niconico）流行過貼上白骨卡片，並加上「白骨也是這麼認為的」的旁白）。」

「拉頓也說著『沒錯沒錯』（註：怪獸電影「三大怪獸 地球最大決戰」的台詞）呢。」

「啊——真是的！妳們又在講些沒營養的話！這招已經對宮內我不管用了！」

惹她生氣了……沮喪……

「好的！我要開始問晴前輩了！宮內我首先想問的是，作為原點的妳，對於目前的Live-ON抱持著什麼樣的感想！」

「什麼感想嗎……Live-ON錄用直播主的基準之中，有一則是『閃耀之人』對吧？為了不被世間埋沒，將那些具備著獨特光芒的人們聚集起來，便是我們公司的目標。因為有些人即便具備著閃閃發亮的才能，也可能像我一樣被社會禁止表現自我。人類雖然是隸屬於社會的生物，但若是得捨棄那罕見的才能，未免也太可惜了吧？所以我將Live-ON打造成能讓擁有特殊才能的人遍地開花的閃耀之地，希望能使這裡成為被世間認可的存在。」

「…………好、好像是這麼回事喔小咻瓦前輩！」

「咦？為什麼是我？我明明是旁觀的立場，為什麼得接下這個話題啊？」

「真、真是抱歉。和小咻瓦前輩不同，晴前輩的回答過於正經，反而讓宮內我感到一陣混亂……」

「可以別說得像是我沒有正經回答一樣嗎？」

「和正不正經無關，我們的對話根本沒有成立呀。」

「在沒喝強〇的當下，妳就沒有和我踏上同一處擂台的資格嘍。」

「宮內我還不是能喝的年紀。」

「這樣啊，小匡還不能喝啊…………嗚嗚嗚，好可憐……嗚嗚，真是太可憐了……」

「有必要哭嗎？」

：這回答真的很有她的作風。

：是晴晴風格的回答呢。

：創設元老、直播主、自己的經驗……摻雜了不少觀點呢。

：與之相較，這個咻瓦咻瓦的傢伙就……

：小咻瓦今天又是生氣又是受精又是唱歌又是哭泣，忙得團團轉呢。

：根本是在體內發生了天災地變啊。

「我話就先說到這裡，會長的感想如何？」

「啊、呃，也是呢……雖然不是不能理解……儘管如此，宮內我依舊不認為可以為所欲為。」

「也不是可以為所欲為啦，Live-ON是不會做壞事的。」

「話是這樣說沒錯……但既然生而為人，宮內我認為還是得適應某種框架而活才對。」

「唔嗯……說起來，會長認為適應框架而活的人真的很多嗎？」

「咦？」

「所謂的人類啊，是用皮膚包覆著充斥慾望的內臟的生物喔。雖說這世上沒有不具備著強烈慾望的人類，但要是表現出來往往會招人忌憚，因此在社會上生存時，人類總是會勉強不讓那些慾望滲出皮膚。然而到頭來，那些慾望終究還是存在著。作為證據來說，在網路或是社交網站一類遠離社會的地方，就能看到人類承受不住內心的慾望而傾吐出來的行徑。這樣的本質不是和我們沒什麼差別嗎？」

「但是Live-ON絲毫沒有遮掩自己的慾望！遮掩的行為是有意義的！」

「為什麼有意義？」

「因為要是大家都恣意妄為，就沒辦法構築出正常的社會了！」

「……會長，妳喜歡對著被遮掩的東西產生妄想對吧？妳不願讓這樣的嗜好中斷的想法，在我看來反而是基於這類慾望而衍生出來的合理化行為喔。」

「豈、豈有此理！」

「是說，要是大家都喜歡犯罪，總是做些天理不容的行為，那社會確實是會崩潰沒錯，但因為有法律為我們畫出了能做和不能做的界線，所以就算是再討厭我們的黑粉，也不會有人覺得放任Live-ON會導致社會崩潰吧？因為那幾乎是不可能的事呀。」

「這……」

「老實說，我們該討論的重點不在那裡，而是更加庸俗的部分。也就是——道德和慾望的問題。」

「道德和慾望？」

「在現在這個時代，由於受到了網路和社群網站發達的影響，這兩者處於一種極難劃分的狀態。聊起來有點艱澀就是了。」

「我想多聽聽妳的見解。」

「哦？妳有興趣啊，我好高興！這個話題的艱澀之處，就在於道德是因應慾望而誕生的。比方說，這世上有些人很討厭與性有關的話題對吧？但性慾是與生俱來的本能，就生物的範疇來說，人類並不該否定性慾的存在。然而要是完全不作控管，便會引發基於性慾產生的犯罪，因此就道德方面來說也不該置之不理。這兩者固然相互矛盾，但其中並沒有正確答案。現代不僅充斥著多樣性，要發表意見也變得容易，不過充其量也只是處在尋找答案的路途之中罷了。儘管人們已經無法割捨方便的網際網路，卻也因為太過方便，存在著讓視野一鼓作氣拓展太寬的弊端。」

「宮內我好像有些明白了。」

「真的嗎？讚喔讚喔！所以說，我剛才提到『目前還處在尋找答案的路途之中』，但說得更精確一點，那就是目前還處於類似管制期的時代，存在著讓道德優先的傾向。我們所待的直播業界已經受到了管制，創作業界則是更加誇張喔？十年前能做的事，現在已經不能做了。就我看來，其中有些事情固然是不該做的，但也有些管制讓我覺得『這個也要管？真的假的？』然而這樣的趨勢不會長久下去，畢竟過多的管制會讓業界變成一灘死水，所以總有一天會變得不得不轉彎吧。美國的禁酒令也是一個例子呢。而這樣的趨勢會一變再變，人類最後應該還是會從中找出正確解答吧？」

「……宮內我又有點不明白了……」

「哈哈哈！不懂是當然的喔！畢竟就連我這個天才都無法預測這樣的問題最終能導出什麼樣的最佳答案呢！老實說，我很不擅長為這一類的題目找出答案，說不定未來的走向也會和我剛才提到的背道而馳。只不過，那終究都是會在未來發生的事——至少在現在的Live-ON裡，我們都還必須手持名為道德的盾牌，揮動名為慾望的武器，為此劈砍出一條蹊徑。我認為作為事前準備，即便尚不曉得正確答案，也有必要知曉我們正在面對的問題為何才行。」

「…………」

「我雖然一副滿口大道理的樣子，但突然講了這麼一大串，也只會被反問一句『那該怎麼辦』對吧？所以說，首先必須客觀地明白自己採取行動的理由，從中得出屬於自己的答案，再進一步思考下去。啊，但要是倉促行動反而會迷失自我，因此在得出答案之前，或許維持現在的模樣反而是好事喔。」

「……宮內我明白了。總覺得是一則發人省思的話題呢。」

「哈哈，這可難說喔？我說不定只是想讓妳動腦思考，藉此模糊原本討論的焦點罷了。畢竟我是個天才，要誘導他人的想法也不是難事喔？但就算真的是這樣……我還是覺得會長在好好思考過後，肯定能得出真正的答案呢。」
「好的。雖然有些丟人，但宮內我今天還是鳴金收兵吧。」
「ＯＫＯＫ，好哩！那今天的直播就到這裡結束吧——！對吧——咻瓦卿！……咻瓦卿？」
「咕……呼嚕——……」
「「睡著了？？」」
：講了好正經的長篇大論，是罕見的情境呢。
：我好像明白晴晴被大家崇拜的理由了。
：是個好前輩呢。
：小咻瓦有好好擔任收尾的爆點，真了不起。
：她今天還發過脾氣，應該是真的進入過認真模式了吧笑。
：感覺她在夢中也還是在喝。
呼嚕……呼嚕……嘻嘻……小強〇……呼嘿嘿……呼喵嘿嘿嘿嘿……

閒話　宮內匡是個華麗的垃圾嘍囉

宮內匡。以Live-ON五期生的尖兵之姿出道，其存在讓人感受到新時代的到來。

而此一篇章則是剪輯自她連日來的華麗直播。

「宮內我下一個要打倒的目標，打算訂定為二期生的宇月聖大人。」

：嗄？

：秤秤自己的斤兩好嗎？

：是忘記自己才被Live-ON天氣組合打得滿地找牙了嗎？

：聖大人雖然是不擅長應付猛攻派沒錯，但憑妳果然還是……

：宮內——！（困惑）

而在和宇月聖的合作當天——

「為什麼Unisex（不分性別）可以講，Sex就不能講！這是對Sex的歧視！我聖大人堅決反對到底！要守護言論自由！Sex！Unisex！Lesbian（女同志） Sex！Sussex（薩塞克斯郡）！Oral（口腔） Sex！宇月聖和宮內匡的Sex！」

「呀啊啊啊啊啊啊啊——！？怪物！不准靠過來啊啊啊——！！」

結果一敗塗地。

次日，召開了反省直播的匡看起來面容憔悴。

「嗚嗚……宮內我拿那頭怪物一點辦法也沒有。宮內我太弱了，宮內我是個沒用的孩子……」

：呃不那個……該說早就知道了嗎……

：這也是沒辦法的事，是對手太棘手了。

：把人家稱為怪獸有夠生草。

：就算是扛著自由主義的大旗，最後那個Sex段子仍是不被允許的。

：雖然是輸了，但勇往直前的挑戰精神值得嘉許。

：站起來！就算輸掉再多次，只要還能存活下來，妳的勝利就永不消失！

：宮內！（打氣）

到了隔天，由於昨天太過消沉的緣故，在經歷過操心不已的觀眾們加油打氣後，匡所展露的模樣——

「宮內我身為偉大宮內家的一員，在經歷與聖大人的戰鬥後更上一層樓了。如今的我已經有了無人能敵的自信。」

已是徹底復活、十全十美的狀態了。

：咦咦咦咦……

：昨天那消沉的模樣是怎麼回事……

：振作起來的速度和雞差不多。

：我雖然笑了，但這積極正向的態度著實值得學習。

：要播個洛〇的ＢＧＭ（註：指電影「洛基」第一集的主題曲「GONNA FLY NOW」）**嗎？**

：宮內啊啊啊啊啊！（歡喜）

「呵、呵、呵！好啦，說到宮內我的下一個目標——」

而她再次挑戰了Live-ON的某位成員，同樣落得一敗塗地的下場，之後又在觀眾們的鼓勵下徹底復活、一敗塗地、徹底復活……匡這一再重蹈覆轍的直播模式後來被稱為「垃圾嘍囉輪迴」，也成了她的代名詞。

當然，由於包含了垃圾嘍囉這四個字，匡也曾為這樣的渾號抱打不平。這樣的稱號是否能盼到正名的那天到來呢——宮內匡征戰的日子依然會繼續下去。

小匡出道之後，很快就過了一個月。

由於她在登場之際打著Live-ON黑粉的名號，加上活動的內容相當針對，因此起初讓人有些操心。但總歸來說，她的起步似乎還挺順利的。

她一如往常地以Live-ON黑粉的身分挑戰著其他成員，每次的說服都以失敗作收。在那之後，她會開設單人直播向粉絲們——也就是觀眾們尋求慰藉，在重獲自信後再次挑戰其他人。這俗稱「垃圾嘍囉輪迴」的模式，成了她的直播軸心。

不過，她似乎也有自己的考量。雖說她依然是維持著批判Live-ON的態度，卻也展露出有意反思的一面。這肯定是受到了與晴前輩對談的影響吧（我因為喝醉睡著了，所以是事後看存檔才知道的……真是抱歉，因為是去別人的直播台客串，不小心就鬆懈了……）

話說回來，這種屢戰屢敗卻又持續成長的身姿，不覺得很像是故事裡的主角嗎？但我覺得她完全挑錯了組織作為宿敵……

哎，這就先不管了。今天的重點在於經過了一個月！五期生是每隔一個月讓一人出道的機制，換句話說，今天就是第二位五期生出道的日子啦！

「好期待新的成員呀。貓魔前輩覺得會來怎麼樣的直播主呢？」

「貓魔覺得因為是五(Goki)期生，猜測來的會是蟑螂(Gokiburi)系的直播主喔！」

「感覺是個會讓聊天室裡充斥著殺蟲劑的直播主呢……」

「咕嘟咕嘟噗哈啊啊啊啊！」

今天和我一起觀摩的是小恰咪和貓魔前輩，是歷經商量煩惱後變得要好的兩人呢！

「話又說回來……小咻瓦，妳真早開喝呀。這沒問題嗎？現在算是非直播時間喔？」

「為了觀摩今天的出道，我停掉了原本以咻瓦模式開的直播台，所以沒關係啦！況且啊！這種台要是沒先喝到醉哪看得下去啦！」

「小、小咻瓦，妳怎麼了？妳今天好像格外粗魯耶？」

嗚嗚嗚……可是！這也不能怪我啊！

「因為怎麼看來的都會是個怪人嘛！根據迄今的經驗，就算扣掉那些一開場就火力全開的傢伙，其他人到頭來也還是會展露瘋狂的本性呀！既然都待在Live-ON了，我也不期待會來個可愛的後輩！所以邊喝邊看正合適的啦——！」

「貓魔我已經看開了，所以正在期待新來的成員會荒唐到什麼地步喔！我從中感受到了穢物魂呢！」

「這兩位前輩也對新人太沒禮貌了……」

反正我們很快就會被這次的新人像是用上了巨人摔一樣耍得團團轉啦！這種流程我都不知道是第幾遍了！

一旦保持理智，便會讓人看出自己被新人耍得心神不寧的反應，不如喝個爛醉一笑置之，這樣我也能圖個開心啦！

我倒不是沒動過「五期生說不定會改變至今風氣」的念頭，但在小匡以第一棒出道的時候我就死心了！Live-ON！Live-ON！反正到哪都是Live-ON！面對瘋狂的傢伙，就只能讓自己變得一樣瘋才行啦！

「啊！畫面切過去了！要開始嘍！」

「喵喵——！好咧好咧，好期待會出現哪種荒唐的傢伙啊！」

「就算是把臉貼在胯下的傢伙也儘管放馬過來啊啊啊——！」

畫面先是切成一片漆黑，隨後伴隨著撥開黑霧般的特效正式開幕。而出現在螢幕上的是——

……嗯嗯？

「咦？是這孩子……對吧？」

「貓魔我覺得應該是……吧？」

「可是那張臉……」

不是啦，我剛才說了把臉孔貼在胯下之類的，但眼前的狀況和那個沒關係——

只是……看不到她的臉啊。

她的身體似乎被寬鬆的黑色斗蓬罩住，而且還將整顆腦袋遮了起來。臉孔的部分雖然沒被兜帽遮住，但兜帽投下的陰影終究還是遮蓋了她的五官。唯一能瞧見的，就只有閃爍著詭譎光芒、彷彿隨時都會發起襲擊的一對雙眼。

：登場……了嗎？

：？

：喔——？

：我滿腦子都是不好的預感。

：那和平常沒兩樣嘛。

面對這前所未見的外觀，讓我們——以及聊天室都不知該如何反應。過了不久，畫面上的身體先是左右輕晃，在做了一次深呼吸後，傳出了可愛女孩的聲音：

『嗨，你們這些叫「觀眾」的傢伙。雖然想做個自我介紹，但可惜的是，老子目前對自我的認知還不足以能向各位介紹自己。老子是尋找記憶的旅人，是被往昔否定之人。老子不曉得自己是誰，也沒人知曉老子，亦為此世之異端，更是這顆星球的失物。硬要說的話，這肯定就是老子的來歷。』

「哎呀……原來如此，我隱約明白這孩子走的是什麼路線了。」

「嗄嗄嗄嗄嗄！舊傷！我的舊傷復發啦啊啊啊啊——！？」

「小、小咻瓦，妳怎麼了？」

「小恰咪，先讓她一個人靜靜吧。對於擁有特定過往之人來說，這名黑衣少女的言行是會對精神造成打擊的。」

「？」

：喔，好痛好痛……

：是用「老子」自稱的女孩！聲音也可愛！

：啊，不好意思，請問是葬儀社嗎？能幫忙埋葬我的過去嗎？

：聲音明明很小，耳朵卻痛得難以置信……不對，是心在痛。

：少數觀眾受到了巨大的傷害笑死。

呼……呼……險些被奇襲剜開的舊傷總算是痊癒了。我這下恢復冷靜了喔……

想不到居然能打穿強〇防護罩……太危險了，這孩子就各種層面來說都很危險……

總覺得她剛才「自己是被往昔否定之人」的說法並不正確，這孩子應該是被未來的自己否定之人才對。

過度強調的帥氣感繞了整整一圈後回到原地，選用的詞彙與其說是高雅，不如說是賣弄——

而且不是像小光那樣讓人會心一笑，是令人真的生疼的類型——

簡單來說，這孩子肯定是——把格格不入感強化到極致的中二病——

「「「喔？」」」

就在我們各自展露反應的同時，畫面上突然冒出了字幕。

【她似乎喪失了記憶。不曉得自己是何許人也的她流落東京街頭，並偶然地誤闖Live-ON的經紀公司。由於她看似孤苦伶仃，公司便暫且收留了她。

在那之後，她突然親自開口表示要參加五期生的書面審查。履歷表上除了姓名欄寫了「短劍」之外便是一片空白。這超乎常人的才能讓她立即進入到面試階段，最後的結果則正如各位所見。

由於失去記憶而謎團重重，但她應該是個好孩子，請大家要好好疼惜她喔。Live-ON工作人員上】

：草上加草。

：這傢伙要是一個沒搞好可是會被警察找上門的啊。

：糟糕，我已經感受到她的強大了。

……我原本以為自己也有被Live-ON錄取的才能，但果然是我錯了，真貨的水準就是不一樣。

……該找間公司來管理這間公司了吧？

「從頭到尾都好奇怪耶。」

「根本和鼻〇真拳的前情提要差不多等級了嘛。」

「來啦來啦來啦來啦！貓魔我盼望的感覺要來了喔！」

詭異的身影和讓人生疼的言行，再加上令人驚愕的過往……畫面呈現出來的澎湃資訊量，讓我不禁盯著螢幕放空了思緒。不過，將我拉回現實的，依舊是從畫面裡傳來的──有些傻呼呼的嗓音。

『嗯嗯？等等，這是怎麼回事？出現奇怪的東西了？咦？怎麼辦？工、工作人員──！畫面上好像出現了不在表定計畫的東西現在該怎麼辦呀──？啊，是失手弄出來的？馬上會刪掉？啊，消失了消失了！謝謝──！太好了……』

「咦？剛才是這孩子在講話嗎？」

「我想……應該沒錯吧。畢竟她都喊了工作人員呢……從她的身體大幅傾斜來看，應該是為了確認而轉頭看向後方吧？」

「不過剛才那些話講了不要緊嗎？就角色形象來說，這已經算是小型的直播意外了……」

『老子想知道老子是誰。老子卻阻止著自己。』

「「「？」」」

她居然當沒事一樣變回原狀了？

『一旦試圖回想過去的事，率先浮上心頭的便是燒得焦黑的肉塊、熊熊燃燒的火焰、黏稠的紅色液體，以及一把短劍……若是再思考下去，就會讓老子頭痛欲裂。然而，老子想知道自己是何許人也，無論知曉真相的代價為何……』

：糟糕，我完全沒辦法把話聽進去。

：這下子要新增雙重人格的疑慮了吧？

：三期生裡就有個雙重人格的傢伙啦。

：沒有這種人吧？

：有啊。

：沒有啊。

：有。

：沒有。

『所以老子打算透過Live-ON的活動，尋找自己的來歷。對於無依無靠的老子而言，已經沒辦法用正常的方式生活了。老子之所以會誤入Live-ON，肯定是出於Destiny（命運）的指引。老子希望能在這裡找到這趟旅程的終點，也請各位務必幫忙。』

「這、這孩子是怎麼回事？我不懂……起初我以為是個劇痛型的中二病形象，但看得愈久，我就愈是看不出她的形象了……」

「畢竟資訊量實在太多了呢……」

「總之將命運讀作Destiny這點，對貓魔我來說加了很多分喔！聽起來超俗的啦！」

若硬要用言語來形容，那就是Live-ON發展至今，已經衍生出一套對於各種狀況的既定反應，這孩子卻完全跳脫了那些慣例。

到底是什麼樣的形象啊……？

『——大概就是這樣！老子把自介唸完了！呃，下一個環節是什麼來著？啊，是詢問時間！有什麼想問老子的就儘管問吧！』

「「「？」」」

咦？怎麼回事？語氣突然變成剛才向工作人員確認的那種調調了喔？是說這到底是怎麼回事啦？

：咦、咦咦？

：她是不是說「唸完了」……？

：別這麼老實地承認自己是在唸稿啦！

：我已經搞不懂了。

：我們該怎麼反應才好……？

『快給老子！發問——！』

也許是在拍打膝蓋吧，她發出了「啪啪」的聲響催促觀眾們發問。但不只是記憶而已，這名少女的全身上下都是謎。

我已經……搞不懂了啦。

：雖然妳叫我們問……

：但要問什麼才好啊……

：想問的東西太多了反而不曉得該從哪裡開始問起。

：既然直播主都叫我們問了，我們就只能硬著頭皮上啦！

：請、請問，該怎麼稱呼您的名諱呢？

哦，是個好問題！我也很在意這一點呢！

『老子的名字被封印在忘卻的彼端了。』

啊——真是的！真——是的的的的的的！嗚嘎啊啊啊啊啊啊啊！

：滑倒！

：還以為終於可以開始對話了……

：原來如此，原來您是被封印在忘卻的彼端妹妹啊。謝謝您的回答。

：笑死。

：這已經是腦殘命名奧林匹克的金牌候補了吧。

『才不——是！你們沒好好聽嗎？老子失去記憶了！連自己的名字都不曉得啦！』

這回則是吐槽起觀眾了？

：生氣了……

：形象怎麼變來變去的啊？

：用這種外表鬧脾氣，也只會讓我們感到困惑啊。

：不過有在對話了喔！

：剛才的字幕好像有提到在姓名欄填了短劍二字，我對這點有些在意。

『沒錯！老子因為沒有記憶，在被問到名字的時候可是傷透了腦筋呢。雖然試著挖掘記憶，但浮現在腦海之中的就只有剛才提及的慘烈光景。然而不可思議的是，在那處地獄之中，唯有一把短劍隱隱綻放著宛如希望般的光芒。所以老子就決定用短劍作為自己的名字了。哼哼！』

：感覺像是某位公主大人（註：指電玩遊戲「Final Fantasy IX」的女主角「嘉妮特」。在故事序盤隨同主角一行人逃出城外後，便化名「短劍」）**呢……**

：如果失憶就別去Live-ON，去找警察啦。

：好不容易逃出地獄，結果又被地獄收容，不覺得這很奇怪嗎？

：那可以叫妳小劍嗎？

：我已經搞不懂是帥氣還是俗氣了。

『嗄？當然很帥氣啦！那可是短劍喔？短劍！這哪可能會俗氣？不是超酷的嗎！』

「欸，小咻瓦，這個名字是哪裡帥氣了？我的品味實在無法理解呢。」

「這給人超級賣弄的感覺呢。」

「所以是哪一邊？」

「雖然還搞不太懂，但貓魔我開始覺得她很可愛了喔。」

儘管依舊謎團重重，不過至少知道名字了。

值得紀念的Live-ON五期生第一棒——其名為小劍！

『這下姑且是回答了剛才的問題，但時間還有很多呢。再多問點——！』

：讓我思考一下……

：就算知道名字，資訊量還是少得可憐呢。

：真是神祕的孩子。雖然Live-ON迄今也是謎團重重，但這兩者又不太相同。

：既然內在是個謎，那就從視覺開始進攻吧！我想看兜帽底下的樣子！

：哦，我也很在意呢！讓我看臉！

「這位觀眾很能幹喔！」

「的確是耶。」

「咦？怎麼說呢？」

「明明遮著臉，迄今對這點卻隻字未提，代表她是期待著某人提及這個話題的。」

「啊——原來如此！是這種安排呢！」

『欸——……不能不給看嗎？』

「「「（滑倒——！！）」」」

就連反應失誤的方式都不照常理來的嗎！

小劍，妳到底是什麼玩意兒啊……？

：若、若您願意，還請賞個臉……

：觀眾方的姿態愈來愈低了笑死。

：但我是真的想看！

：讓我看看！

：人類就是想看被遮起來的東西嘛！

『嗚……知道了啦……那就給你們看嘍，可別笑喔！嘿咻，好啦摘掉兜帽了，這樣就行了嗎？』

「「「！！？」」」

這、這是怎麼回事？

她不甘不願地露出了尊容。看到這一幕的我們不僅笑不出來，甚至連話都說不出口了。

看似柔軟的微膨雙頰描繪出崇高而稚嫩的輪廓，大大的灰色雙眼帶著勾人心魄的魅力，張大的嘴巴讓人看了不禁莞爾。而包覆這顆腦袋的，是綁成雙馬尾造型的深紫色頭髮。

由於身材看似嬌小，光是看著這位蘿莉美少女，就會產生想緊緊抱住她的衝動。

好奇怪……這是怎麼回事……好可愛、太可愛了？嗄啊？剛才那略帶不快的表情讓人愈看愈來勁！啊啊！啊啊啊！啊啊啊啊啊！

：糟糕！

：原來是蘿莉角色嗎！

：好可愛啊啊啊啊啊啊啊！！！

：這樣說可能很沒禮貌，但看到遠遠超乎想像的可愛容貌害我心臟都差點停了。

：迄今的言行根本無法想像是這般集可愛於一身的樣貌。

：在拓展到五期生後，現在連外貌都傾注了更多心力了呢。

「可、可愛到我的鼻血差點真的要流出來了……」

「這、這是怎麼搞的？和想像的不一樣啊！貓魔我還以為會是更加詭異的造型啊！裝什麼可愛！小劍妳這是在裝可愛喔！」

「您在說什麼呀，裝可愛才好啊！可愛是能拯救世界的喔！啊啊啊好想戳戳她的臉頰喔喔喔……」

果然長相好看就是正義。而實際上，原本大感困惑的觀眾們，也在看到她的面容後喜上眉梢。

……話雖如此，然而聊天室明明熱鬧了起來，小劍卻反倒露出了更加不快的表情。

『別說老子可愛──啦──！真是的！所以老子才要工作人員多弄點繃帶或是加個眼罩，讓外觀看起來更帥氣的說！聽好了，老子只能用帥氣來形容，所以別說老子可愛──啦！要稱讚老子很帥！』

哎呀呀，看來可愛風格和她本人追求的方向不同呢。但這樣的安排真的要為工作人員喊個讚。

啊……又用兜帽把臉遮起來了。

：要用帥氣來形容這張臉也太難了吧。

：就算再怎麼想提升帥度，基底也太過糟糕（優秀？）了。

：也是呢，很帥氣呢（窩心地笑）。

：您的帥度傲視全球！直播主說什麼都對！

：從剛才就能看到有些觀眾異常地虔誠啊。

：很帥氣喔！所以讓我看臉！

『真的？很帥氣嗎？你們很上道嘛！那就把兜帽摘了吧。嘿咻！嘻嘻嘻（憨笑）——』

「啊！她笑起來嘴巴會張好開！大到可以看到嘴巴裡的犬齒了！」

「就沒有能直接轉變為裂嘴女的機關嗎？」

「妳們的情緒變動完全呈現兩個極端耶……」

『……藏起來……露臉！再藏起來……再露臉！嘻嘻嘻，總覺得好好玩喔（憨笑）——』

「Å————！！」

「剛、剛才的聲音是怎麼回事？是有熱水壺燒開了嗎？」

「只是小咻瓦失控了而已喔。」

：好、好可、好可——不行不行！不能說出口！

：笑容也太耀眼了。

：好想守護這個笑容。

：笑容全一。

：我差點忘了她是Live-ON。

：好帥可愛。

：徹底掌握住趨勢了呢。

雖然只是從神祕的孩子變成神祕的可愛女孩，但想不到她居然能抓住這麼多人的心……原來可愛這麼具備著魔性……

：我決定好最推崇的偶像了。真是非常謝謝各位。

：如今就連中二病的特徵都讓人會心一笑。

：我已經是滿臉堆笑了。

『這樣就ＯＫ了。還有差不多能回答一個問題的時間喔！快——問！』

：剩下一個……傷腦筋啊。

：畢竟謎團依舊多之又多，這可是重要的局面呢。

：包在我身上，我會讓一切都裸露而出的。

：喔？就讓我見識一下你的手段吧。

：真的要動手了嗎？就在此時此地！

：沒錯！是勝是敗全看這一刻！請問您的血型是哪一型呢（註：出自漫畫《進擊的巨人》萊納和貝爾托特的對白）？

：把你的手收回去。

：居然是誰都想得到的問題笑死。

：喏，我帶了一把好大的過來了，快含住槍口吧（註：出自漫畫《進擊的巨人》，為第97回的一幕）。

：見證了世界第一讓人心臟怦怦跳的餵食秀。

：還真是個半吊子的垃圾混帳。

：心靈強度堪比鎧之巨人。

聊天室的觀眾之中好像混了個萊〇啊⋯⋯

『血型？哼哼——！你們覺得是哪一型？猜猜看猜猜看？』

：小劍看起來很開心，就饒了你吧。

：我雖然覺得還挺像Ｂ型的，但那個廣為人知的血型測驗一點也不可靠啊⋯⋯

：如果是小還就能看出她是ＢＢＡ（老太婆）型了。

：哦——哦——我聽到她生氣的聲音了。

：奇怪？不是失憶了嗎？怎麼還知道自己的血型啊？

——在看到這一針見血的留言時，我們三人不約而同地「「「啊」」」地驚呼了一聲。

「的、的確⋯⋯知道血型的話就對不上設定⋯⋯這是不是不太妙啊⋯⋯？」

「不不，再怎麼說也不會在首次直播出這種包吧？又不是小恰咪。」

「雖然很想反駁但回不了嘴⋯⋯」

「也是呢，應該不會有事吧！⋯⋯奇怪？說起來，這角色設定從剛剛開始是不是就不太穩定啊？」

我這麼說完後，再次看向小劍。結果——

『喔、咦、嗄啊？啊，不對、糟糕、啊——』

她露出了相當淺顯易懂的反應。

不會吧……

不對不對，身為前輩豈能擺出這種態度！得好好為她打氣才行！加油！現在還能挽回的！

『……該怎麼辦……』

妳這樣低聲講「該怎麼辦」，不就是投降的意思嗎……

：笑死。

：難道……小劍……妳恢復記憶了？

：失憶角色才登場沒幾秒就恢復記憶，這種設定也太嶄新了吧。

：草率過頭啦。

：這該怎麼收場……？總之先說聲恭喜？

『沒、沒啦！才沒恢復咧——！剛才只是想說一般而言都看得出來所以就順著氛圍開口，老子的記憶才沒有恢復呢——！啊——！仔細想想一點記憶都想不起來呢！老子到底是誰啦！嗚，一打算回想頭就痛了！血型到底是什麼東西……』

：這、這樣喔……

：幾乎能聽到汗如雨下的聲音笑死。

：剛剛才說是尋找記憶的旅人，不可以這麼快就否定自己吧？

：感覺也會忘記自己原本是中二病的形象。

：在猜是不是O型之前，原來連血型的意思都忘掉了啊……

：她只是失去了失憶的記憶而已，所以沒問題啦。

：聊天室出現天才了。

『把剛才的事忘掉！懂了嗎——！快說你們忘掉了！』

：是打算讓我們失憶嗎……

：wwwwwww

：我忘掉了！來，大家也跟上！

：我忘得一乾二淨！

：這裡是哪裡？我是賽〇羅斯（註：指電玩遊戲「Final Fantasy VII」的主要反派角色賽菲羅斯，有著美形的外表）嗎？

：去照鏡子啦。

：0%　0%　0%　還好我早就為了這一刻化身為超級豪華版（註：典出電玩遊戲「卡比之星

超級豪華版」的紀錄毀損狀態，由於三個存檔都會強制變為0％而聞名）了。

：您或許已經忘記了，但這句話喚起我內心的創傷。

：總覺得好像終於明白小劍是怎麼樣的孩子了。

：萊〇老兄還真是歪打正著解開了謎團笑死。

：我現在已經不知道什麼事才是對的了（註：出自漫畫《進擊的巨人》之中萊納的台詞）。

「但接下來該怎麼辦？對貓魔我來說，是很喜歡這樣的情節啦……」

「也不能怎麼辦，只能像她說的那樣，把講過的那一小段忘掉了……畢竟得維持形象……」

「別急別急，她還只是個新人，我們就溫柔地在遠處守候就好了。有時候不夠完美，反而能催生出可愛的感覺呢……我不是想自抬身價喔？」

「我什麼都沒說喔。」

不過，小恰咪說的確實有道理。如今的我們之所以能以放鬆的態度開台直播，正是基於積累下來的種種經驗，要是一起步就暢行無阻，那才是不合理的狀況。

……只不過，我剛才雖然提到「要維持形象」，但實際上的理由不僅於此呢。

也不知為何，這位小劍——包含剛才的失誤在內，雖然乍看之下給人莫衷一是的印象，但我又從中莫名地感受到某種一以貫之的氛圍。

我當然也明白「莫衷一是」和「一以貫之」是互為反義的詞彙……嗯——？果然她雖然看起

來莫衷一是，卻不是真的毫無一致性，而是存在著將這些四散的組件串連起來的要素。

——啊！

「原來如此……Live-ON，這就是你的意圖嗎！」

「小、小咻瓦？」

「妳怎麼突然這麼說？是察覺到什麼真相了嗎？」

「是呀，我從剛才就發現小劍身上持續散發著一股謎團——或者說是突兀感。而如今，我終於察覺其背後的真相了！」

「是、是真的嗎？」

「太厲害了！的確，貓魔我目前還看不出她核心的本質。小匡一下子就揭露了自己身為Live-ON黑粉的本質，但和她相比，小劍的核心依然成謎呢。」

「我要說嘍？都豎起耳朵聽我講吧！」

我的直覺果然沒錯！小劍她有著某項一以貫之的成分！

我自信滿滿地向兩人公布了真相。

「這位小劍她——非常可愛！」

「「…………」」

「奇、奇怪？」

為、為什麼她們都安靜下來了？

「小咻瓦，妳終於連作為人類的感性都漸漸消失了呀……」

「想不到強〇化的症狀會加劇到這種地步……貓魔我該早點察覺才對呢。」

「妳、妳們為什麼要擺出那種像是在看可憐人的態度？對我來說，這就像是看推理小說時，在還沒看到謎底之前就揪出犯人那樣快意十足耶？」

「小咻瓦呀，任誰都能明白小劍很可愛喔。要是看著這張臉孔還不能覺得可愛，那才是有問題吧？」

「說起來，妳剛才不也親口稱讚過她很可愛嗎？」

「啊，不對！我雖然說她很可愛，但不是這麼單一層面的東西！」

「「？」」

解開了謎題的我過於亢奮，因此沒能好好說明，也難怪她們聽不懂我的意思。

那就重來一遍……

「這位小劍啊，充斥著許多讓人覺得她很可愛的特質喔。外觀自不用說，就連外貌和性格之間的反差、傻呼呼的個性、坦率的言行，以及剛才出包的部分都是如此。這孩子的核心，同時也是一以貫之的元素，便是這無可動搖的可愛度！」

「原來如此……經妳這麼一說，或許真是如此呢……」

「……嗯嗯？雖然有點道理，但為何貓魔我們會對此感到格格不入呢？可愛的東西在這世上不是俯拾皆是嗎？」

「貓魔前輩，您忘記了嗎？我們一開始觀賞這次的出道直播時，是抱持著『反正是Live-ON的成員，來的肯定都是些有著古怪特質的傢伙』這樣的刻板印象喔。恐怕就連觀眾們，也從這個階段就落入了Live-ON的陷阱之中。」

「難……難道說？」

「沒錯！就連『讓可愛的女生當V』這種理所當然的道理，在Live-ON裡也被視為特例！正因為是這個時機！官方才會做了精心的安排，推出小劍這種全身上下都可愛的角色！」

而正因為抱持著負面（？）的刻板印象，更能襯托出她可愛的一面。Live-ON利用了迄今累積下來的企業形象，作為引出新成員魅力的利器！

「……不過，這孩子自稱失憶還跑進了Live-ON的經紀公司，甚至通過了面試喔？光看這點就是很糟糕的傢伙了吧？」

「換言之，她就是Live-ON的祕密武器！居然連只能在變態之中綻放光芒的可愛女孩都收進囊中了！Live-ON實在可怕！」

「不不，我說啊？我想這孩子的腦袋應該也是Live-ON……」

「即便如此！我仍然想守護我的理論！」

「就算被一語道破，妳依舊想靠著一股氣勢蒙混過去啊……」

「小咻瓦還是一樣恣意妄為呢。」

因為我是真的很有把握啦，而且還期待妳們露出驚訝的表情稱讚我呢！嗚嗚嗚……

「不過，貓魔我也認為小咻瓦講的話不是沒有道理喔。畢竟聽到她的核心是由可愛構成的時候，我確實產生了醍醐灌頂的感覺呢。」

「Live-ON迄今就算有可愛型的成員，也不是以這樣的特質作為主要的賣點呢。畢竟都是變態特質特別顯眼……」

「什麼嘛，原來妳們兩位都很懂嘛！就為妳們送上與我一同進行聖酒巡禮的權利吧！」

「那個聖酒一定是指強○吧。」

「是要去參觀工廠嗎？」

『……大家都忘掉了嗎？嗯哼——！挺能幹的嘛！真不愧是Live-ON的觀眾呢！』

就在我們聊到這裡的時候，原本陷入混亂的小劍似乎也慢慢冷靜了下來，恢復成一開始的身段。明明是頭一次與直播主接觸，聊天室卻是訓練有素，這些觀眾真的很有兩把刷子呢。感謝你們一直以來的支持！

……順帶一提，我就趁著這個機會提一下，她看似不安的表情也很可愛喔。皺起眉頭的反應真讓人欲罷不能。

：嗯哼——！（真可愛）

：和臭小鬼不同的討喜小鬼氛圍也挺好的。

：得推她了。

『嗯——那今天的直播行程就到此結束了！咳咳，孤獨的旅人受到Live-ON的指引，遇見了許許多多的同伴。雖然依舊遭到難受的回憶囚禁，但現在置身於暖心同伴的身旁共度時光倒也不壞——老子是這麼想的喔。既然有能從過去牢牢抓住的未來，那想必也存在著能從未來抓住的過去吧。讓我們於心有靈犀之際再見吧！』

最後和開場一樣，在朗讀了明顯像是來自劇本的超痛台詞後，小劍的出道直播就此結束。

：她的一切都讓我想笑了。

：這孩子到底是怎麼回事……

：感覺起床之後就會恢復記憶。

：最後那段感覺她本人唸了也不明其意。

：因為很可愛所以什麼都好。

「值得期待的新人加入的啦——！好耶！乾杯！」

「小、小咻瓦妳怎麼了？好像格外高興耶？」

「那還用說！因為我原本以為肯定會來個變態，結果卻是喜出望外地來了個可愛的角色呢！

好期待和她合作喔！」

「有爆好擼嗎？」

「貓魔前輩，您在說什麼啊？我感到好倒彈，這種行為哪能在檯面上做呀？」

「妳一副像是暗地裡會這麼做的宣言，也讓貓魔我很倒彈喔。」

「啊——真的好可愛喔！比小恰咪更可愛呢！」

「咦……」

因為最近某位園長導致小恰咪的變態特質正在加速進化，我這下總算找到新的心靈綠洲啦！

「小、小咻瓦！」

「嗯？小恰咪怎麼啦？」

「（遮臉）——……（露臉）！」

「啊——……天然的固然很好，但養殖的也很美味呢。」

「太好了！貓魔前輩！我被稱讚了喔！」

「這話會讓妳開心啊……雖然是養殖的但依然天然……天啊，貓魔我的腦袋要打結了……」

來了個值得期待的孩子呢！今晚的酒特別好喝！

自從小劍出道後，如今已經開了好幾次直播，也和同期的小匡合作了好幾回。在終於開放與前輩們合作之後，她便在公用頻道告知此事。而我則是率先邀她合作。

就像在出道直播的後段所說的那樣，我認為這孩子有可能成為Live-ON的新良心，因此對她抱持著相當大的期許。真想和她好好相處呢。

不僅率先拋出合作的邀約，還在直播裡溫柔地當個領路人，這樣的前輩哪可能不受喜愛！這正是我的如意算盤！呼嘻嘻、呼嘻嘻嘻！

……奇怪？總覺得化為語言之後，我看起來就像是個壞蛋呢……哎，但和其他莫名其妙的傢伙相比，我算是有心要好好協助她的啦……

結果，我提出的邀約伴隨著她『太棒啦——！』的回覆爽快地被接受了。光是這個反應就夠可愛了。

在那之後，我們在聊天室商量起直播的內容——

〈心音淡雪〉：有什麼想做的事嗎？

〈短劍〉：魔狩！

〈心音淡雪〉：！妳喜歡魔狩嗎？

〈短劍〉：喜歡！

〈心音淡雪〉：是喔是喔！剛好最近也出了新作呢！我一直在想該不該開玩呢！

〈短劍〉：啊……可是老子已經推了一點進度了……

〈心音淡雪〉：推到哪裡了呢？

〈短劍〉：M級二星的緊急任務……

〈心音淡雪〉：我明白了。在一起直播之前，我也會把進度推到那邊，所以沒問題的。

〈短劍〉：不會麻煩嗎？

〈心音淡雪〉：這是小事一樁呢。不如說，久違的魔狩讓我非常期待喔！啊，我可以再邀一位成員一起直播嗎？

〈短劍〉：謝謝妳！可以喔！

在這樣的對話後，我們便決定一起玩魔狩了。

以前的我雖然是個徹頭徹尾的菜鳥獵人，但如今已經全破了前一款作品。我還記得最終頭目的外觀——精確來說是一直注視著牠看起來隨時都要破掉的大肚子，並成功地討伐了牠。

我邀了小還，也開了幾場直播。而遊戲進度也推進得很順利——

「小還，謝謝妳答應我的邀約，願意參加我與小劍幾天後開設的合作直播。」

「還當然是義不容辭，但媽咪為什麼會特地邀還呢？您終於想念起自己的孩子了嗎？」

「沒啦，我想說對於新人而言，與前輩的合作直播總是容易心生緊張。為此，如果讓個做什麼都草包的前輩待在她身旁，這樣應該有助於舒緩她的精神啦。」

「真是太過分了。還也是有可靠之處的喔。」

「哪裡可靠？」

「還每天都讓各位觀眾媽咪展露笑容喔。好得意！」

「妳只是被當成笑柄而已喔。」

「媽咪也不例外喔。」

在我順利地達成當時訂下的遊戲進度後，終於來到了合作的日子。當然，我沒讓自己陷入咻瓦咻瓦的狀態，總之先來打招呼吧。

「各位晚安，今晚也是飄著美麗淡雪的好日子，我是Live-ON的三期生心音淡雪。由於魔狩的新作品剛上市，我今天打算遊玩這款遊戲。因為是由前作衍生新要素的類型，或許稱之為加強版更為正確，但在直播裡為求通俗，我就用新作品來稱呼了。而今天和我一同狩獵的同伴們如下。」

「嘿，大家乳頭乳頭——我是Live-ON的山谷還。麻煩幫我來場公主玩法（註：泛指事主不做事，只靠其他人護衛過關的形式）。」

「失禮了，剛才自介的不是同伴，而是累贅呢。今天的獵友是這一位！」

很好，還出乎意料有趣的耍寶問候語熱好了場子，這下終於輪到小劍上場了。

「啊……我是Live-ON五期生的短劍……請多指教……」

……欸，這就沒了？這是在打招呼嗎？妳原本的開場白不是摻雜了失憶和中二病的元素嗎？

而且還講敬語？

：咦？妳哪位？

：有夠拘謹www

：如果已經教訓完畢，至少把過程留給直播啊。

：這個嘛，要菜鳥突然和知名直播主交流的話難免會這樣啦。

：說錯啦，是惡名直播主才對。

：這不是在緊張，是感受到生命有危險了吧？

「啊、呃，謝謝妳的開場！總之呢！今天要來和降臨至Live-ON的亮眼新人——小劍做合作直播嘍！哇——！」

「小劍，妳怎麼了？妳好像很沒精神呢。」

「呃不……啊、我、我並不是沒精神喔？」

「沒事吧？要喝媽咪的奶嗎？」

「我胸部的使用權什麼時候轉移到妳手上了？」

讚喔小還！這就是我被賦予的使命！妳就再多來些垃圾發言，讓小劍覺得「嗚哇，原來Live-ON是這種烏煙瘴氣的地方喔……」藉以放鬆她的思緒！

……咦，但仔細想想，小還剛才的發言只是對著新人開黃腔而已吧？我是不是搞錯了某些最根本的部分？小劍會不會覺得這是一處超糟糕的職場啊？我挑錯人了嗎？

該、該阻止小還嗎？

「小劍，還雖然是前輩，但妳可以不管那些繁文縟節，儘管用粗魯的口吻對我說話喔。」

「咦？不、這樣做未免太沒禮貌了不如說——」

「但作為代價，還會稱呼妳為短劍媽咪。請養我吧。」

「給我住口妳這嬰兒老太婆妖怪。」

嗯，得立即制止這女人才行呢！

「媽咪，您怎麼了？總覺得好像聽見了不該是由家長對孩子說出的謾罵之詞……」

「還能怎麼了！聽好嘍，就算是站在小還的立場來看，小劍也是妳的後輩喔？妳已經是頂天立地的前輩了！明明立場如此，妳為什麼還是和迄今一樣，每次看到人都亂認媽咪呢！」

「？媽咪也比還的年紀小，但您依然在當還的超媽咪呀？」

「那是妳自己這樣稱呼我的吧……」

「媽咪，請好好聽我說——媽咪是多多益善的存在喔。」

「別講這種聽起來有病的話啦！我要說的是，妳身為前輩理應身先士卒，怎能反過來向後輩撒嬌呢！」

「所謂的媽咪，是立場距離媽咪愈遠之人，愈能增添其身為媽咪的魅力喔。」

「嗄？為啥？」

「簡單來說，因為還是個小嬰兒，所以就算把後輩當成媽咪也完全不成問題。」

「喂，各位觀眾出來面對啊！都是因為你們太寵她了，結果小還已經進入病入膏肓的境界啦！」

：大草原。

：小還真是始終如一啊。

：寵溺小嬰兒何錯之有！

：認真當小還媽咪派可是火冒三丈喔。

：居然有所謂的認真媽咪派嗎……

：小劍已經是(　ﾟДﾟ)的狀態了喔。

對、對啦，小劍也在！突然讓她看到我們這樣唱雙簧，肯定會嚇得退避三舍的。她從剛才就一直沒講話，得想辦法挽回場子才行！

……奇怪？這聲音是怎麼回事？感覺像是帶著水聲的呻吟……咦？是在啜泣？

「嗚……哈嗚……嗚嗚……嘶嘶……嗚嗚……」

糟糕，這般糟糕的狀況前所未見。

「「————」」

我居然——弄哭新人了——

「啊、等等？欸、媽、媽咪該怎麼辦？她哭了耶？」

就連向來以恣意妄為出名的小還，如今也罕見地慌了起來。而我則是腦袋變得一片空白。

對、對啦，這種時候更是該好好整理眼下的狀況。呃——……簡單來說，就是新人遭兩名前輩聯手職場騷擾，整到哭了是吧？

——要被抓起來燒了。

「要被燒了。不會錯的，我們要被網路的輿論抓起來燒了……」

「媽咪？」

「稍後肯定會在彙整網站上刊出諸如『【壞消息】知名VTuber把後輩弄哭了www【Live-ON】』一類的新聞標題……黑粉們則是會用街頭訪問般的口吻說著：『Live-ON嗎？我早就知道她們總有一天會這麼幹喔www』嘲笑我們一頓……」

「怎、怎麼會……？還只是遵守媽咪事前下好的命令，刻意地說出糟糕話語而已呀？這實在太過分了……對、對了！眼下才是該讓毫無負責能力的小嬰兒角色出馬的時候！」

「嗄？不不這種想法太奇怪了！只會讓狀況變得更混亂啦！」

「欸嗚——！吧噗！吧噗吧噗！」

「小還，妳冷靜一點。這種時候若是想逃避，反而會讓火勢加劇。乖乖認罪並誠心道歉，才是最好的應對手段喔。」

「這裡是跨越高山、跨越低谷，最終抵達的歸還之處。我名為山谷還，是二十八歲的成熟大人。很抱歉這次的風波造成各位的困擾。」

「我還是頭一次聽到妳講出官方的開場白耶。還有，妳難道沒有感到羞恥的情緒嗎？」

：已經完蛋了，這下沒救了……

：這般互動已經出局了啦。

：小還，在這種緊要關頭，妳還是稍微收斂一點吧。

：咦，難道真的很糟糕？

：這、這是那個啦，所謂的教訓小鬼頭對吧！

：弄哭還沒踐起來的小鬼頭哪還算是教訓？只是單純的犯罪吧（

：也得視小劍哭泣的原因而定吧，或許是出了什麼意料之外的狀況。

：感到退避三舍也就算了，這樣的互動實在不像會讓人哭啊……還是我中毒太深了？

啊……真的沒救了。這實在太過超出我的意料之外，因此連在她哭出來之後的應對都呈現一片狼藉，接下來該怎麼辦呢……如果只有我一個人出事也就算了，但要是牽連到Live-ON未免太過意不去……

想到這裡，就在我雙目含淚地仰望著天花板之際——

「嘶嘶！啊啊嗚嗚嗚……活呃真素太好啦啊啊……」

小劍講出了與我的預期恰恰相反的話語。

嗄？她說了啥？由於夾雜著鼻音所以聽得不太清楚，但她是不是說了「活著真是太好了」？

「——媽咪，是因為還想逃避現實，所以剛才產生了幻聽的現象嗎？」

「不，我應該也聽到了相同的一句話。」

「……會不會是為了燒死我們而活著的可能性？」

「哪有人會活得像是在辭典上翻到『浪擲人生』時出現的造句內容啊。」

「嗚嗚！輪家一直粉想近距離觀看這種Live-ON的港覺……能加入Live-ON真的太豪了！倫家這麼努力終於有回報了嗚啊啊啊啊——！」

等等等等等？這已經不是啜泣，而是嚎啕大哭了啊？

「小、小劍？我覺得還是得先聽妳怎麼說，可以先不要哭嗎？」

「好的…………嗚嗚嗚嗚嗚嗚——！」

「不行啊，她反而感動到極點了……對啦，小還！」

「我、我在？有什麼事嗎？」

「手搖鈴！妳有手搖鈴對吧！現在就是派上用場的時候了！」

「！原來如此！喏──短劍媽咪──？咔啦咔啦──咔啦咔啦──！還這是第一次把這玩意兒用在正途上呢。」

「嗚哇，才講完就在一秒鐘之內拿出手搖鈴的女人好可怕。朝著稱呼為媽咪的對象搖動手搖鈴的大齡女子有夠可怕。」

「是媽咪要還這麼做的吧？」

「啊啊啊啊啊好有趣喔喔喔喔喔！」

「『居然邊哭邊笑？』」

這下該怎麼辦啦──！

「短、短劍媽咪，妳聽我說喔？算還拜託了，能請妳冷靜下來嗎？還的股價現在在聊天室裡呈現跌停板的狀態喔。他們把還說成試圖拋下媽咪逃跑的小嬰兒，似乎又要被炒成新的火種了呢。要是不趕快解開這方面的誤會，還之後的名聲會變得不好聽的。」

「這根本不是誤會吧。」

「真的非常抱歉……」

「唉，看在妳道歉的份上，這次就原諒妳吧。但我真的是為了舒緩小劍的緊張感，才會找妳一同合作的喔。」

「何等仁慈的樣態……這就是聖母嗎……」

「況且，就那點程度的批判，是不會讓小還燒起來的喔。」

「咦？為什麼呢？」

「一開始便位於底層的傢伙就算再往下摔，也不會有人在乎的。」

「………咔啦咔啦咔啦咔啦……」

雖然還未停止哭泣的小劍讓我有些自亂陣腳……但現在說不定已經擺脫危機了喔？

由小劍剛才說出的隻字片語來推斷，她似乎是因為喜歡Live-ON而加入，並為能在近距離看到我們的互動而感激涕零——應該是這樣沒錯吧？

：想不到居然是喜極而泣喔www

：畢竟夢中的世界真實地展露在自己面前了啊。

：是這麼回事嗎？

：這確實是出乎意料。

：無論如何，看起來不會燒起來真是太好了……

嗯，我原本還悲觀地覺得「哪有這種好事」，但聊天室裡擁有相同見解的仁兄挺多的。

真是的～我心臟都快被嚇停了啦——！在放心下來之後，現在是我比較想哭啊！

但老是讓新人在旁邊哭也不太好看啊。就沒有什麼辦法能讓她不哭嗎……
：奇怪？妳不是失憶了，怎麼還會喜歡Live-ON到哭出來啊？
「………………」
啊，她不哭了。
「咦？妳突然停止哭泣了呢。」
「還能斷言是手搖鈴發揮了功效。」
「老、老子才沒哭咧——！」
「「什麼？」」
小劍一停止哭泣，隨即便以震顫的嗓音否定自己哭過的事實。
怎麼回事？
「不不，妳剛才不是爆哭了一頓嗎？」
「請別否定還努力搖動手搖鈴的那份勞力。」
「老子才沒哭咧——！剛才是那個……有垃圾跑進眼睛裡而已！」
「這種藉口也太勉強了……」
「哎，小還，妳先等一下。她也是有可能用垃圾來暗喻我們開場時的互動啊。」
「啥？」

「短劍媽咪，原來是這麼回事嗎？好，還要再次揮動手搖鈴了。還會為妳帶來永眠的。」

「才——不——是——！老子沒那樣想——！」

：這小嬰兒還是一樣把手搖鈴看成凶器啊。

：小劍為了守住自己的設定，看起來非常拚命啊。

：因為剛才有則留言提到這番舉止和失憶有矛盾嘛。

「嗯——？啊——原來如此，小還，妳看聊天室。」

「聊天室嗎？……啊——」

就在我和小還專注於安撫小劍之際，聊天室裡似乎有則留言尖銳地點出了小劍的言行與設定矛盾的問題。

「欸，我說小劍啊。」

「有、有什麼事啦？」

努力想挽回形象的模樣真可愛。只不過……

「為什麼妳要幫自己加上失憶的設定呢？感覺和妳加入的原委不太合拍呢……」

「才、才不是什麼設定！老子是真的什麼也想不起來啦——！」

「……不如當成『失憶後醒來看到的就是Live-ON』如何？」

「這太牽強了，若是一睜眼就看到這種東西，還早就精神崩潰了呢。」

「大齡女子自稱小嬰兒的設定不是更牽強嗎？」

「就是說嘛！」

「喂，媽咪，妳為什麼要附和啊？」

「對不起，因為太有說服力，一不小心就開口了……」

「真是的，聊天室的觀眾媽咪們也別瞎起鬨！吧噗吧噗，請回答，這裡是還，是個小嬰兒，完畢？」

：不管是什麼狀況都能轉為笑料耶www

：果然真的是搞笑藝人吧。

：不不，妳就算說了完畢，我也很難接話啊……

：原來小還的精神還沒崩潰嗎？

：算啦算啦，畢竟是新人，就寬心以待吧。

……也是呢，誠如聊天室所言，身為前輩的我更該在這時負起善後的責任。

雖然不曉得理由為何，但她本人似乎很想死守失憶這個設定的樣子。

不過這下可難收尾了……是說出道直播的時候，這孩子好像也出了類似的包啊……該怎麼辦？要怎麼改變現在的走勢？

——奇怪？說起來，她在出道直播的時候是怎麼撐過去的？——對啦！

「小劍！如果妳想證明自己失憶，就快把兜帽脫掉！」

「哦啊？脫兜帽？為什麼？」

「我會幫妳一把的！」

「淡雪前輩……果然很溫柔！這樣就可以了嗎？」

「沒錯！接下來，妳得對觀眾們喊出我私訊給妳的必殺技！」

「私訊！明白了！呃……忘、忘光光光——線！」

「啊哈啊啊啊啊果然和我預期的一樣超級可愛……」

「媽咪好噁心。」

「等、等等，淡雪前輩！聊天室刷了一整排的留言在稱讚老子很可愛耶？啊——真是的！不准說老子可愛！快說你們都忘光了！」

：我忘記了，所以請別把兜帽戴回去。

：小劍失憶了。不管誰跳出來質疑，我都認定小劍失憶了。

：這張蘿莉臉也太卑鄙了吧……

：無論發生什麼事，我們只要一直忘掉就行了！

「這下子就圓滿收場了呢！」

「喔喔！質疑的聲浪真的消失了！淡雪前輩真厲害！」

「這根本是在打假賽吧。」

可愛當前，就連邏輯都要甘拜下風。

「啊……果然這可愛的感覺讓人欲罷不能……」

「媽——咪——？請容還叮嚀您一聲，雖然這次救場得宜，但要是她今後仗著自己可愛的一面撒嬌耍任性，短劍媽咪遲早會被寵壞的喔。」

「妳還真有臉講這種話……」

「要寵的話請寵還一個人就好。」

「但妳全身上下都不值耶……」

「有夠過分笑死。」

但還講的也是有道理。儘管以前輩的身分提攜新人也很重要，不過即使小劍再怎麼可愛，對她百依百順似乎也不是好事。

嗯！我今後再也不會輸給她可愛的樣貌啦！

蘿莉又怎樣！要比的話就用對瞪來分個高下吧！

「盯——」

「嗯——？」

「盯————————！」

「啊——？（傻笑）」

嗚喔喔噫ｓｊ嘎喔咿嗚咯噫呷嘿喔咿ｓ呼喔嗚喔呼噫嗚欸嗚欸！？

「喔喔喔喔？怎麼了？」

「媽、媽咪您怎麼了？還聽到好大的聲響喔？」

「抱、抱歉，我從椅子上摔下來了。」

「您還好嗎？」

「淡雪前輩，沒受傷吧？」

「嗯，我的身體沒事。不過，我說不定被奪走了很重要的東西喔（註：典出動畫電影「魯邦三世 卡里奧斯特羅之城」之中錢形警部的台詞）。」

「啊——？」

「因為是媽咪重要的東西，所以她是在講強○喔。」

「才不是咧，是心啦。少對我家的強○動歪腦筋。」

：小劍……依舊是個謎團重重的孩子啊……

：已經搞不懂這台直播是在播什麼主題了

：這些人到底還要聊多久才打算開始狩獵啊……

由於光是開場問候就衍生出意料之外的情節，差點連開台的主題都要變得不清不楚，但我們這次終究是為了玩魔狩而聚集在一起的。趁著場子的氛圍緩和下來，我們打起了精神，終於要開始玩遊戲了。

我配合著小劍的魔狩進度。而運氣很好的是，接下來的討伐目標似乎是新作品首次亮相的新魔物。不僅能感受到新鮮的感覺，也能為直播增添光彩，真讚真讚！

於是我們接下任務，立即出發！然後就看到了！這次的討伐目標是——

「喔……是隻身強體壯的猩猩呢……」

「可是牠有長尾巴喔？」

「這隻呀！好像不是猩猩，而是以科學怪人作為原型的樣子喔！」

「「哦～」」

雖然從遠處觀看，輪廓就像是猩猩，但被小劍這麼一講，看起來真的有那麼一回事呢。儘管身形龐大，臉上卻帶著沉穩的表情，意外地給人可愛的印象。

：原來原型是那個啊。

：才不是咧，是用苑風愛萊當原型的怪物喔。

：我聽說愛萊動物園的地底深處有隻逃脫的動物，似乎是猩猩和其他生物混種的合成獸

呢。

：才不是咧，是愛萊園長個人飼養的寵物喔。

：我聽說那是愛萊園長的超級憤怒模式喔。

：原來是本人喔……

好啦，總之就試著交手看看吧！我還是一樣以長槍作為主要武器，要對牠戳個沒完啦！

「牠攻擊之前有明顯的準備動作，就目前來看，即使只能臨機應變，似乎也有辦法解決呢！」

「嗚嘎——」

「欸，小還妳怎麼突然就被揍得滿頭包了？妳的武器是弓，應該要當個槍手（遠距離武器）才對吧？」

「好險好險，活下來了。真是的，居然連小嬰兒都揍，這個怪物真是爛透了。媽咪，您也該對小嬰兒溫柔一點喔，請當好還的盾牌。畢竟還的本業是剝取專家呢。」

「這遊戲沒有這種職位啦。等等，妳又被打飛了？真的不要緊嗎？」

「老子幫妳撒粉塵補血！」

「謝、謝謝……啊，嗶嗶叫（昏厥狀態）了？」

「哦，有人會想對小愛萊嗶嗶叫嗎？應該沒有吧？」

「您只是想講這句話而已吧……好，恢復了。真是的，期待小嬰兒能順利躲開攻擊的人才是傻瓜！」

「哎，妳也到了反射神經衰退的年紀了嘛……對不起……」

「媽咪的耳朵是不是也不靈光啦？……應該說，即便頂著前輩的虛名，我們真的該在後輩的面前這樣互揭瘡疤嗎？」

「這才不是什麼虛名，我們是貨真價實的前輩啊。」

不過扣掉虛名二字，她講的倒是挺有道理。這種抬槓的調調可是會嚇壞小劍的啊。

「（●>∀<●）呀呀——！★彡（拍手拍手拍手拍手！）」

居然開心到不行？

「……說起來，這孩子原本就是Live-ON的粉絲嘛。」

「老子才不是粉絲——！根本不認識妳們——！（呀呀！）」

：呀呀呀呀呀！

：掌聲鼓勵笑死。

：和小有素崇拜淡雪的模式不同，這種純粹的喜悅之情真是不錯。

：不習慣受到這樣對待的兩名前輩被耍得團團轉也不賴。

：這次有好好守住設定了，了不起！

欸，好痛？我在吃驚之餘也中招了！

冷靜下來恢復體力——然後再戳戳戳——

「果然長槍就是好呢。擋下對手的招式，然後再伺機還擊。這種單純的動作卻隱約讓我感受到了美感。」

「咦……」

「可是它是所有武器之中最沒人用的喔！」

聽到小劍道出了難以置信的小道消息，讓我不禁啞口無言。

「呵。哈哈——妳用的武器沒人愛——」

「吵、吵死了！居然偏偏挑這種時候回擊，妳這臭老太婆！但這怎麼可能……為什麼大家都不用長槍呢？我不否認這種武器用起來很樸素，但玩起來明明就這麼有趣……」

「不就是因為媽咪在用嗎？喏，您之前不是說過要奪走所有魔物的處女嗎？還說什麼『我的長槍是創造非處女的長槍』之類的。」

「我沒說過最後那句！前者也是咻瓦講的，所以和我無關！」

「居然翻出這種已經死透的設定，真是辛苦您啦。」

「才不是死透的設定咧——！」

「您的口吻變得像是短劍媽咪一樣嘍。」

「呼、呼，真是的，不能在小劍面前開黃腔啦！」
「那真是非常抱歉。」
「啊——？為什麼在老子面前不能講？」
「咦？因為小劍妳應該很受不了別人開黃腔吧？」
「沒這回事。」
「是這樣嗎？」
「嗯！小〇雞！」
「「啊啊啊啊啊啊啊啊啊啊！？！？」」
「嗚哇，嚇死老子了！」
這、這孩子沒頭沒腦地說了些什麼呀？
「不可以隨便把這種話講出口！」
「啊——？為什麼？」
「……等等，媽咪，既然她身為Live-ON的粉絲，那黃腔免疫說不定是天經地義的道理喔？」
「……確實如此。」
「才不是粉絲咧——！」

原來如此，這孩子對黃腔免疫嗎……因為她全身充斥著太多可愛的元素，結果形成了一層遮罩，讓我真的嚇一大跳……

：！？

：還以為心臟要停了。

：我是躺著看直播的，剛才手機掉下來正中我的鼻子。

：與其說是產生悖德感，更像是犯了罪的心情。

：如果開口的是小淡還能一笑置之呢。

：清秀……

開始狩獵後，至今過了大約五分鐘。

由於大致習慣了魔物的攻擊，因此除了應對狩獵之外，我還多了些餘力去關注其他的事。

而也因為如此……隨著時間經過，我逐漸變得很想針對某件事做出吐槽。

……啊，我真的受不了啦！

「小劍！」

「啊——？」

「我有話要對妳說。」
「媽咪，還想說的話大概和您一樣，所以這也是沒辦法的事。」
「咦咦？什麼？老子的打法有哪裡詭異嗎？」
不不，這和遊戲本身無關，不如說妳的技術是我們之中最優秀的一個。
問題不在那裡，而是老樣子！老樣子！小劍，妳有個部分太過飄忽不定啦！
「小劍——妳的中二病特質到哪裡去了！」
「還也想說這個。」
「啊——？……啊啊？」
沒錯，從開播至今，我完全沒有這孩子表現過中二舉動的印象。
雖說她在開場的時候就大哭一場，這部分我也不忍苛責，但自從開始狩獵之後，她表現得就只是個樂在其中的可愛孩子而已啊！在察覺到這一點之後，我便有種如坐針氈的感覺了！每次放跑可以展露中二言行的機會，都讓我差點在座位上滑倒啊！
「糟、糟糕！老子太專注維護失憶這方面了！」
「為什麼要維護那種東西！」
「妳的個人形象太過飄忽不定，都要刷出殘像了喔。」
「說起來，妳現在用的武器為什麼是斬擊斧啦！雖然是我的個人意見，但這種武器是屬於品味獨到的帥氣類型！如果有中二病，就該選用太刀或是雙劍才對吧！」

：啊——……笑。

：經她這麼一提……

：也有這種設定呢，我不知不覺就忘掉了。

：小還真是妙語如珠笑死。

：老實說，這孩子平時開台的時候也沒有中二得超乎我的預期。

沒錯沒錯！聊天室也有人提到，這孩子說不定根本對中二的本質一無所知。我在看她直播的時候，她也只是偶爾想到有這回事似的，隨口說些略帶中二氛圍的話語。

「難道說，妳走的是不想將中二病風格公諸於世的路線嗎？」

「沒這回事！老子得成為帥氣的人才行！」

「話雖如此……但妳在出道直播的開場和收尾時，不也講了很有中二風格的話嗎？」

「那是因為有工作人員幫老子潤稿……」

「欸，別光明正大地把這種內幕抖出來！」

「之所以會說『唸完了』，原來是出於這個原因啊。妳比還更得工作人員們的寵愛呢……好羨慕……」

對啦，趁著這個機會，我就用這隻魔物來出題吧。

「小劍，剛才這隻魔物使用的招式——也就是用纏繞著熔岩的手臂捶地爆炸，藉由反作用力跳上高空，再從空中猛襲而來、會讓人想大喊『騙人的吧？』的招式對吧？如果想要為這招做個中二的名字，妳會怎麼命名？」

「啊——……那就……跳躍——」

「好，妳已經不及格了。」

「嗄？判斷也太快了吧！」

「因為聽了就很土啊！就算要精簡一點，也至少該取個『隕石墜擊』之類的名字吧！」

「媽咪，能請您再講一次剛才的招式嗎？」

「隕石墜擊！」

「再一次。」

「隕、隕石、墜擊。」

「再一次。噗呵呵……」

「……隕石墜擊（小聲）。」

「淡雪前輩不也愈講愈害羞了嗎！」

又不能怪我！中二病這種東西，一旦冷靜下來就沒救了！這下回想起以前犯過中二病的我，如今也是苦不堪言啊！

啊可是，一看到小劍現在的表現，我就忍不下去了！理應遭到封印的過去的我，如今正傳來了陣陣痛楚！

「還有妳在這遊戲取的名字也是！妳不該只取『短劍』兩字，而是該在名字的前後加上『†』，取成『†短劍†』才帥氣喔。」

「原、原來如此！」

「明明很帥卻又很土，真是不可思議。」

：出現啦，是行之有年的那個。

：這樣讀起來不就成了短劍短劍短劍短劍嗎，是西部低地大猩猩（註：西部低地大猩猩的學名為「Gorilla gorilla gorilla」）**不成？**

：今後就叫妳小†吧。

：從那裡取的暱稱啊……

「正如淡雪前輩所說，老子得變得更帥氣才行……但老子一時之間也想不到什麼好點子呢。」

「那還不簡單，去讀死〇吧。」

「死〇？是那部漫畫嗎？」

「沒錯，因為死〇是中二病的教科書。若是一鼓作氣地看完，不管是再冷靜精明的女老闆，也會在隔天穿上隊長級的羽織帶著斬○刀通勤，並在轉眼間將公司改造成屍○界。」

「朝著倒閉的方向狂奔呢。」

「喔！聽起來好強！淡雪前輩對中二病真有研究！是中二師父！」

「這什麼鬼師父！妳是在尋我開心嗎！」

「是中二媽咪呢。」

「嬰兒老太婆給我閉嘴！」

：想不到小淡還挺來勁的。

：對曾經的中二病患來說，看到這種半吊子中二肯定會忍不住吧。

：中二師父俗到爆笑死。

「欸欸，中二師父！再多教老子一些中二的知識吧！」

「就說我不是中二師父了！」

「咦……不教嗎……」

「…………」

「（睜著水汪汪閃亮亮的大眼睛）」

「至、至少改稱我為師父！」

「（憨笑——！）好的，師父！」

「欸媽咪，還被打爆了，如今已經貓車一次了（睜著水汪汪閃亮亮的大眼睛）。」

「啥？」

「各位觀眾媽咪請看，這就是階級社會喔。」

在這之後不知為何，小劍不只是在直播內，就算在直播結束後也喊我為師父，讓我不得不教導她許多和中二有關的知識。

我明明不想把那段黑歷史翻出來的，怎麼會……怎麼會……

：認真地說，最近的小淡還挺有母性光輝的。

：已經是會好好照顧人的偉大前輩了。

：和初期相比成長甚多，我的眼裡都要噴出強○了。

閒話　小劍她……

作為Live-ON五期生的第二棒，短劍雖然展露出了不辱其名的鋒刃，但她揮舞的刀子全都插在自己身上，可謂表現得莫名其妙。

她最重視的特質乃是「失憶」。正如字面所示，她並沒有絲毫的記憶。所謂的記憶，是構築自我所需的各項資訊的結晶。這種失去記憶的痛苦……世上真有可以精確形容的詞彙嗎……

而這段篇章所講述的，便是失憶的小劍和同期的宮內匡共同編織的部分記憶。

——首次見面——

「欸，我聽說小劍失憶了，這是真的嗎？」

「真的啊！今後就是老子全新的人生篇章了！」

「唔嗯，這樣啊……對於沒經驗過失憶症狀的宮內來說，講這些話或許有些不妥，但我還滿同情妳的……」

「啊，不，老子的狀況沒那麼嚴重……」

「是這樣嗎？宮內一想像起自己失憶的情況，就會感到毛骨悚然呢……」

「那、那個！一般來說應該是這樣沒錯！但老子的狀況是——喏！老子受到了Live-ON搭救，所以產生了正向積極的人生觀啦！也因為有這層緣分，老子才能與小匡相遇呢！」

「小劍……妳的氣概讓宮內我為之感動！雖然妳今後肯定會遇上許多不曉得的事，也可能會遇上大麻煩，但只要妳有難，隨時都可以來找宮內我尋求解決！宮內我雖然是Live-ON的黑粉，但身為五期生的一員，能遇見小劍這樣的同伴真是太好了！」

「…………嗚嗚嗚，抱歉，真的很抱歉……可是老子……說什麼都得死守啊啊啊啊……」

「喂、喂！小劍，妳怎麼啦？難道妳在哭嗎？……這樣啊，的確會有這種反應呢。沒事，妳什麼都不必說，好乖好乖……嗚嗚，啊哈哈，宮內我這下也跟著哭起來了呢！」

「嗚哇啊啊啊啊——！她人實在太好了啦啊啊啊啊——！」

——相遇一個月後——

「欸，小劍……妳真的失憶了對吧？」

「當、當當然了！妳妳妳妳妳妳怎麼現在還在問這個！」

「沒有啦，宮內我只是覺得妳看起來似乎沒有任何不便。倒不如說，想不到妳對Live-ON相關的歷史知之甚詳，有時甚至超過了用心鑽研過的宮內呢。」

「才、才沒有這回事咧——！喏，之前陪小匡一起做考前複習的時候！老子不是連簡單的算數都會算錯嗎！那就是這麼一回事啦！」

「那不是因為小劍很笨嗎？」

「老子才不是笨蛋咧——！」

「可疑……實在太可疑了……」

「才、才不可疑……才不可疑……（小聲）」

「哦——？」

「嗚哇啊啊啊……（發抖發抖發抖）」

「哎，也罷。」

「欸？」

「就算妳想將某些事物深藏於心，宮內我和小劍共度的時光仍是貨真價實。小劍已經是宮內我重要的同伴了。」

「嗚哇啊啊啊啊——！她果然是個大好人啦——！」

——最近——

「欸，小劍，妳有好好記住Live-ON公司的地址嗎？」

「當然記得！嗯哼！別瞧不起老子的記憶力！」

「失憶的人有資格講這種話嗎……」

在將失憶視為個人特質的節骨眼上，或許就已經走上了荒腔走板的道路。

此外，這一連串的互動之中，最值得吐槽的其實是從來沒對短劍的話語產生疑問的匡，但直到在她開台講述這段歷程的時候，她本人才終於明白這一點。

五期生3

五期生的第二棒——小劍在出道後，如今再次又過了一個月。

就目前而言，小劍也發展得挺順利的。雖然她還是老樣子，總是不時面臨著形象崩毀的危機，但對於原本是Live-ON粉絲的她來說，能成為箱的一員共同度日，似乎讓她樂不可支的樣子。應該說，她看起來總是容光煥發，這與她天生的可愛氣質相得益彰，因此粉絲的數量也持續成長中。

就我個人來說，由於她總是用崇拜的口吻喊我師父，雖然有些為她感到操心，但還是覺得這樣的後輩很可愛。如果這個師父指的不是中二方面的師父，那該有多好啊……

哎，但只要慢慢適應，總有一天會習慣的。畢竟小劍雖然是Live-ON的一分子，卻帶著天真無邪的可愛氣質，所以我也對此甘之如飴。在Live-ON裡光是擁有這項特質，就已經是天使般的存在了。

如此這般，容我再次強調，小劍出道至今已經過了一個月了。換句話說，今天是第三棒——也就是五期生最後一人的出道日。

「聖大人我在想啊，若是能揉到愛萊的咪咪，要我支付身體作為代價也未嘗不可。」

「原來如此，就算聖大人再骯髒，只要把裡面的東西給賣了也能換個好價錢的喲～」

「奇怪，妳是打算賣掉聖大人的內臟嗎？我不是那個意思啊……不能妥協一下當成寵物嗎？聖大人應該是稀有生物喔？」

「聖大人只有外觀好看，標本應該會更有人氣，因此寵物就敬謝不敏的喲！」

「不可以灌在裡面！開玩笑的啦。」

「這什麼鬼對話啊？」

聽到這不曉得該說是血腥還是色情的對話，我忍不住出言吐槽了。這次一同觀摩出道直播的，是聖大人和小愛萊。

我雖然是應聖大人之邀參加的，但這兩人都散發著可怕的高手氣場。看到她們突然用上平時的亢奮語氣展開對話，對於沒喝下強○的我來說，無異於用飲○的視角看兩人互鬥。

「不過聖大人，您這樣一直性騷擾真的好嗎？詩音前輩是會生氣的喔。兩位今天其實也可以像往常那樣，以情侶的身分一同觀摩吧？」

「因為在看匡和短劍出道時就已經這麼做啦。雖然兩人獨處也不錯，但我和詩音早有共識，認為不該就此冷落箱裡的其他成員啊。我可不曾因為單純的性騷擾惹她生氣，這肯定是詩音明白聖大人的愛情獨屬於她吧。」

「您要是再放閃下去，我就要把您轟出去嘍。」

「是聖大人我邀妳們來的吧？」

「不過，詩音前輩還是宣稱自己要成為大家的媽咪，這代表兩人表面上的態度雖然沒有變化，卻在更加內在的部分加深了聯繫的喲～」

「呵，愛萊，妳這不是很懂嗎？」

「可是我也討厭情侶放閃，所以就容我帶走其中一個嘍。」

「不好意思，聖大人我的腎臟可不能隨便交出去呢。」

「把『其中一個』理解為『腎臟』也太奇怪了吧。」

兩人默契十足地交流著。

小愛萊和聖大人——乍看之下是相當奇特的組合，但兩人其實相當合拍呢。根據觀眾們的評論，聖大人會隨興地拋出深奧古怪的哏，小愛萊則是會刻薄地回應，同時也隨興地拋出新哏回去。我也常常看到兩人合作開台。

也是因為小愛萊有著精湛的口才，才能打造出這般口碑。

小愛萊……小愛萊啊……

「唔——嗯……」

「嗯～？淡雪前輩，您怎麼突然發出了沉吟的喲～？」

「啊——……因為現在沒在直播我才敢開口。我們之前不是有線下碰面過嗎？但當時的印象還在我的腦海裡揮之不去，所以對現在的小愛萊產生了一股格格不入的感覺呢。」

「咦～！為什麼會這樣的喲～？我可是如假包換的苑風愛萊的喲～！」

「話說回來，聖大人我還沒和愛萊在線下見過呢。她表現得如何？」

「她可是個閃耀動人的大帥哥呢！」

「真的嗎！咦～原來愛萊和聖大人我是同一掛的啊。」

「不不，一點也不帥的喲……還有，聖大人，您要是再把自己和我混為一談，就得請您做好覺悟的喲～！這可是直播禁詞的喲！」

「好可怕啊……咦？和聖大人混為一談是直播禁詞嗎？」

「哎因為我們相遇時，彼此都不知道對方的真實身分，結果產生了不少誤會就是了。」

「好草我吸。愛萊是個有趣的女人，所以聖大人我總是有草能吸呢。」

「要講的話請您說是生草好嗎！吸草聽起來就是很危險的舉動的喲！」

「抱歉，我咬到舌龜頭了。」

「好想把這女人的舌頭拔掉的喲……」

不過，小愛萊本身也經歷過了所謂園長即組長的蠟筆〇新組長老師現象（我剛剛命名的），這種格格不入的感覺總有一天也會緩緩溶解，正式轉化為小愛萊的一部分吧。

好啦，就在我們閒聊之際，距離出道直播只剩下幾分鐘的時間了。

「……果然看新人出道，就連我們都會莫名地感到緊張呢。」

「啊哈哈，的確如此。話說回來，妳今天沒喝強〇呢。雖然沒在直播，但今天不妨喝一點如何？就讓我們共享渾沌之樂吧。」

「就是這樣的喲～能為Live-ON五期生扛下最後一棒的成員，絕對不是不喝酒就承受得住的喲～」

「唔～妳們說得確實有道理……但我其實打算懷抱著一縷希望，守望著最後一名新人呢。」

「「？」」

沒錯，在小劍的出道日，我因為死了心而喝得爛醉。但今天的我可不一樣——

「因為小劍雖然帶來了衝擊性，但她無疑是個可愛的孩子呀！換句話說，就我看來，Live-ON還不打算把整個箱弄成黑暗火鍋，是有可能精挑細選地放入美味食材的！所以我相信新人，相信Live-ON！我下定決心了！」

「——原來如此，這麼說確實有道理。」

「淡雪前輩……您感覺好帥氣的喲！」

「呵呵呵，之所以不喝強〇，也可以說是為了求個好兆頭。我相信Live-ON還留有良心，這便是我展露決心的方式！」

我相信——我深愛的Live-ON——

好啦，直播要開始啦！最後的五期生要堂堂亮相了！

『咳咳！各位早安！我是受Live-ON所託，從今天開始擔任各位的教師「秋莉莉」老師！今後請多多指教！』

喔……

在直播開始後，首先映入眼裡的，是有著一塊顯眼黑板的背景。

幾秒鐘過後，我從右耳聽到了滑動門板的「咔啦咔啦」聲響。而看似最後一名新人、身穿套裝的直播主也從同一方向現身，在清了清嗓子後，以像是在講述廣播般的清亮嗓音這麼自報名號。

從前述的流程來推測，螢幕裡的空間是尋常學校教室裡的黑板前方，至於這位新人的角色則是——

「是教師角色的喲～！」

「是呀，是色情遊戲裡的次要女主角常客——教師呢。」

「妳可別在她本人面前講這些喔。」

「淡雪，妳真的很不懂耶。正因為是次要角色，才能和老師這樣的立場相輔相成，產生特別的魅力呢。沒辦法當成主菜端上桌的悖德感，正是其奧妙之處呢。」

……有道理。但因為不想承認，我並沒有真的出聲。

也罷，先不提色情遊戲一類的事了，教師——也就是老師啊——這麼說來，Live-ON裡確實是還沒有這樣的角色呢。

老師角色挺讚的呢——我也喜歡很多動畫裡面的老師呢——

……嗯，我是覺得老師角色本身很讚啦。只不過……只不過……

被活力十足的招呼語蓋過的部分，隨著靜靜觀察的時間變長，也隨之變得讓人在意不已。

那個……這個人是教師對吧……？但為什麼她的頭髮顏色會如此華麗？而且為什麼……明明擁有華麗到不行的髮色，眼皮底下卻有著濃濃的黑眼圈，而且還睜著一對死魚眼？

：早、早安？

：老師……您還好嗎？

：她的眼睛沒有呼吸了……

：來了個感覺會在這瞬間過勞而死然後以幽靈角色身分再次出道的新人笑死。

：長了一副很有現代社會感的尊容呢。

：現在就很糟糕啦，我已經感受得到「Li」的部分了。

如果只是雙眼無神也就算了，我說不定還是頭一次看到這種眼底蘊藏著黑暗的死魚眼……

「不安……這實在太不安了的喲～」

「淡雪，這是不是已經沒救啦？」

「不，還沒完！別這麼快死心！忙於工作而疲憊不堪的老師，不也是一種正統派的屬性嗎！平常不會展露給學生看的孱弱模樣若是形成反差，肯定會躍升為爆紅角色的！」

……然而就算加上這層但書，她的外觀還是讓我覺得有些過火。而我只能用盡全力忽視了。

『——話雖如此，但我們畢竟是初次見面，忽然自報名號也只會讓各位感到困惑吧！如此這般，秋莉莉老師接下來要開始自我介紹啦！』

別、別這樣！別露出那種眼神毫無笑意的笑法發出活力十足的聲音！感覺像是在逞強似的，讓人看了為之心痛啊！

『首先！其實老師和各位不一樣，不是地球人喔！我是來自宇宙的外星人！』

……什麼？

『啊，我不是為了侵略而來的，所以可以放心喔！那個～其實我小時候搭的太空船出了意外爆炸～……除了湊巧溜進逃生艙玩耍的我以外，船上的乘客大概是全數罹難……儘管我倖存了下來，但因為爆炸時的衝擊過大，沒辦法好好控制逃生艙……而我雖然絕望地在外太空飄蕩了好一陣子，卻想不到！我再次湊巧地抵達了這顆地球！在那之後，我就混進了地球人的群體之中，在這顆星球上過起生活啦。』

：有夠悲壯笑死。

：講得不當一回事反而感到恐怖……

：好濃烈的個性啊！

：Live-ON，單純的教師已經滿足不了你們了嗎？

：卡卡〇特喔喔喔喔喔（註：出自動畫電影「七龍珠Z 燃燒吧！熱戰·烈戰·超激戰」，主要敵方角色布羅利稱呼主角孫悟空本名「卡卡洛特」時的台詞）——！！

：您認錯人了。

『我的名字其實原本更長一些，但以這顆星球的語言來說，除了秋莉莉之外的部分都沒辦法精確發音呢。我的頭髮也和地球人不一樣，由於過於招搖，光是要過日子就吃了很多苦……』

「原來如此，我原本還在想這難以言喻的髮色不曉得調了多少種顏色進去，這下就真相大白的喲～」

「啊，難道說那對黑眼圈和眼神也是外星人的天生樣貌嗎！」

「哦！原來是這麼回事！觀察得真敏銳！聖大人是垃圾渣滓！」

『我的日子真的過得很苦，在不知不覺間就變成了這副憔悴的樣貌啦！』

「真——的是垃圾渣滓呢。」

「欸？妳是不是連說了兩次垃圾渣滓？講第一次的時候不應該要稱讚我是天才嗎？」

「兩位的感情真的很好的喲～」

：原來這張臉是後天養成的喔……

：要是沒有黑眼圈和那個眼神，應該就是可愛風格的臉孔耶……

：不過這段還算是普通的。

『好啦好啦！難過的話題就講到這裡，接下來要聊的是老師擔任的科目喔！』

啊，也有好好設定擔任的科目呢。咦？會是什麼科目啊？國文之類的？不對，總覺得讓外星人教導地球人國文有點難以接受啊。

嗯——猜不到呢。

『老師負責的科目是——『愛』喲。』

「好像是愛的喲。」

「是I啊——」

「是愛啊。」

「「「……愛？」」」

咦？什麼……咦？難道說，這已經進入開獎環節了嗎？

：？

：咦，難道已經「開始」了嗎？

：真不愧是Live-ON，到最後都會奉上熟悉的味道。

：是開放伺服器的公告呢。

：不如說伺服器已經關閉了吧。

：Live-ON是那種在關服後才進入正戲的類型啦。

『雖然宣布得如此突然，但實際上沒有這樣的科目對吧！所以說！首先我想來個拋磚引玉——對各位來說，你們覺得愛是什麼樣的東西呢？就算只有籠統的想法也行，請隨意作答看看。』

：咦……

：命運共同體！

：好像在哪看過的定義說是慈悲為懷的樣子。

：是要單純地講戀愛觀一類的話題嗎？

『好，你們全部零分。』

！？

『哦，不好意思，身為新人可不能這麼放肆，啊哈哈。咳咳，欸——首先讓我講得委婉一點，各位對於愛這個東西有著巨大的誤解。精確來說，你們只把愛當成感情的其中一類，是一種狹隘的定義。換句話說，你們不僅把愛劃進了感情這種無聊至極的東西，同時也無法理解這是一種難以估量的美麗概念。老師我對此感到非常傷心呢。』

：糟糕，這傢伙絕對很糟糕。

：欸？難道要涉及危險的思想嗎？

：身體莫名顫抖了起來。

『首先就如先前所言，老師認為愛不是情緒，而是一種概念。愛既不是感情，也不是某種絕對性的存在，而是時而誕生時而消滅，並且會有各種不同的型態——我要說的就是這個意思，到這裡還明白嗎？』

：哪可能明白啊？

：感覺像是突然誤闖東大的教室一樣。

：這是在講可疑宗教的教義吧？

：是在聊哲學話題嗎？

：這個世界沒有絕對，也就是在聊機〇八丸傳（註：指漫畫《SAMURAI 8 機侍 八丸傳》）**的話題對吧？**

：原來愛就是機〇八丸傳？

：先不說笑了，老實說我這還是頭一次遇到不曉得在講什麼的成員……

『連講得這麼粗淺都不明白嗎……真可憐……』

：這位老師連對徒有其名的學生都會講「真可憐」耶。

：大草原。

：我並不想明白。

『但不用擔心！我是老師，教會不懂的孩子正是我的工作，所以我接下來會舉例，解釋得更加好懂！讓我們一起來學習愛為何物吧！好啦，這次作為舉例的，是老師準備的「鉛筆和橡皮擦」。請看這兩張圖片。一張映著鉛筆，另一張映著橡皮擦對吧？』

：明明不想明白卻無權拒絕，這就是真正的義務教育。

：真的貼出圖片了呢。

：鉛筆和橡皮擦……這為何會和愛有關？

『好的，這兩張圖之間會產生無限的愛！換句話說就是這麼回事！』

：？

：什麼？

：wwwww……w……？？

『為了讓理解能力等同水蚤的你們也能明白，我這就開始解釋啦！首先，無論是從鉛筆還是橡皮擦的角度看向另一方，彼此都是不可或缺的存在。鉛筆若是沒辦法擦去寫過的痕跡便會感到困擾，而橡皮擦若是沒有消除的對象就沒有存在的價值。這樣的關係，便只能用愛來形容。』

＋＋＋

鉛筆「我啊，是因為有妳相伴，才能自由自在地活著。」

橡皮擦「對人家來說，與你相逢就是我出生的意義呢。」

＋＋＋

『就是這麼回事呢！但是愛的形式不只這一種吧？沒錯！鉛筆屁股上的那個從來沒在用的小橡皮擦也有戲分！它登場的時機，是在把橡皮擦忘在家裡的時候……』

＋＋＋

鉛筆「在哪？橡皮擦，妳在哪裡？再找不到、再找不到妳的話，我這不小心把『籬笆』寫成『雞巴』的錯誤要怎麼改正才行啊？再這樣下去，我就要變成一枝黃腔筆了……」

？？？「你不必擔心。」

鉛筆「是誰？」

？？？「是我喲。」

鉛筆「妳是……屁股擦……」

屁股擦「沒錯，使用我吧。」

鉛筆「怎麼可以？妳還是第一次不是嗎！妳那美麗的純白胴體不該為我而受到汙穢！」

屁股擦「不要緊，這是我自願的呀。你的身旁總是有著比我更能擦拭乾淨的橡皮擦小姐，所以我迄今只能從暗處眺望著你。但就算只有此刻也好……讓我協助你渡過難關吧？我希望你能使用我。拜託你了，就讓我任性一次吧。」

鉛筆「屁股擦……」

＋＋＋

『就是這樣喔！屁股擦妹妹那專情而勇敢的態度讓鉛筆為之心動，在氣氛的驅使下發展成共度春「消」的關係……啊，又要誕生新的愛了……不過，有沒有人注意到，這張圖裡還隱藏著其他的愛呢？這個部分就是──』

+++

橡皮擦「嗚、嗚嗚……我被鉛筆劈腿了……他雖然想隱瞞，但他的屁股擦確實是被玷汙了……太過分了！居然被那種黃毛丫頭沖昏了頭！」

？？？「橡皮擦，別哭。」

橡皮擦「？你、你是……橡皮擦包裝？」

橡皮擦包裝「沒錯，我正是身上寫著大大的『M○NO』，大家耳熟能詳的橡皮擦包裝。」

橡皮擦「你為什麼會……」

橡皮擦包裝「畢竟，我的工作就是包覆住妳呀。總算輪到我上場了。」

橡皮擦「難道說……你一直、一直都在遠處守護著我？你為什麼一直不說話……我從沒看過你開口講話呢……」

橡皮擦包裝「啊哈哈……因為我能做到的，真的就只有這點小事呀。我原本想說，只要為妳和鉛筆的感情加油就好……今天卻按捺不住了。啊哈哈，給妳添麻煩了嗎？」

橡皮擦「不會的，沒這回事喔！原來如此，你一直在身旁支持著我，還一起並肩而行呢……謝謝你。」

＋＋＋

『所以嗚哇哈啊啊啊啊啊！神聖！太神聖了！既易碎又美麗！這正是愛！真實之愛！這是不能將人類之間充滿謊言的骯髒關係和它們混為一談的神聖之愛啊————！』

「————」

什麼啊——這個人在說什麼東西啊——？

「小、小愛萊？」

我感受到無以名狀的恐懼，向小愛萊搭話尋求協助。

「這個人在說什麼東西啊？」

「！」

糟、糟糕啦！小愛萊也整個人傻住了！

對了！如果是聖大人！

「聖大人！」

聖大人是堪稱Live-ON首屈一指的變態，她肯定能將我拉出恐懼的泥沼！

「這個人在說什麼東西啊？」

「咦……」

不是——吧——？

那個聖大人——也無法——理解——？

『……咳咳！呃——以上就是我的舉例。這就是老師所認定的「愛」，和各位迄今認為的虛假之愛不同，是「真實之愛」喔。如何？這下聽懂了嗎？』

：(゜。Д゜)(つД⊂)擦眼睛(；゜Д゜)(つД⊂)擦眼睛(；゜Д゜)…？(つД⊂)擦擦擦擦擦擦擦擦擦（Д）

：完蛋……這個人真的是可怕的傢伙……

：雖說是最後一棒，但是誰說要搞到這麼狂的？

：也就是說……到底是怎麼回事啦……？

：聊天室連草都長不出來了……甚至還沙漠化，這也太可怕了吧……

：你看這個女人，不是很像會割掉雜草的形狀嗎（註：出自漫畫《死神BLEACH》檜佐木修兵的台詞）？

：是鐮刀嗎？哎，雖說原哏也是長得像鐮刀啦……

……感受性之多元不是地球人該有的水準，這確實是外星人呢。

「——喂，那邊的強○○○（禁止播放），給老娘咬緊牙關了。」

「嗄！？」

「我聽到了不像是剛才提醒過要留意禁詞的人會說的話喔。」

咦？雖然很不想相信，但剛才是在說我對吧？咦？為什麼小愛萊要對我發火？

「還不都是因為妳在直播前立了那種模範等級的旗子！妳打算怎麼謝罪啊混帳！」

「嗄啊啊啊啊？不不，為什麼講得我好像是罪魁禍首一樣啊？」

「聖大人我啊，以前曾扮演過教師角色呢。當時的導演要我在開場的段子自由發揮，我就講了：『愈蠢愈醜的人愈容易考上東大，這就是真正的欲「東」則不「大」喔。』結果所有的學生都被冷得打顫，最後便被導演喊卡了呢。」

「可是小愛萊不也說了我那樣講很帥氣嗎！」

「那個是因為吐槽反而會讓旗子插得更穩，我才會做微弱的反抗！什麼叫黑暗火鍋？我才不想聽把強○丟進鍋裡的人講這種幹話！」

「那、那又不干我的事！再講下去的話我也要生氣了喔！小愛萊是大笨——蛋！」

「啥？混帳妳想切手指是嗎！」

「笨——蛋！傻瓜蛋！大阿呆！」

「妳是安怎？哦？想切手指是唄？要切的道具我這都有，所以妳要切嗎？我就問妳是安怎！」

「變得像是小學生和組長吵架一樣啦。話說回來，聖大人我也扮過黑道角色喔。『是想切手指還是被雞雞填滿，給我選一個啊！』那時的我這麼說著，穿上了假屌把對方猛幹了一番呢。哎呀～那次還真是挺興奮的。」

「哼！雖然一直憋著不說，但我現在要講壞話了！小愛萊好像常常被說和聖大人是一對組合，不過！拿兩人相比的話，聖大人頂多就只像是小愛萊的指甲垢罷了！」

「太、太過分了！請不要太過輕視我的指甲垢的價值的喲～！」

「哎呀？攻擊目標是不是換人啦？」

呼、呼……講了一些蠢話之後，我總算慢慢冷靜下來了。

欸——剛才說到哪裡來著？橡皮擦和鉛筆和包裝還有屁股……

……一開始回想，頭就又痛起來了。

『哎呀呀，剛才的舉例是不是有點難懂？就算只有一個人也無所謂，只要是覺得聽得懂的人，就對老師舉個手吧？』

安——靜。

『哈，地球人的水準就是如此。』

：喂妳剛才說了啥？

：完全就是以侵略者的角度發言。

：讓我無比心服口服的外星人設定。

：Live-ON果然把新人的意思搞錯了（確信）。

：Live-ON「新人原來不是指新人類嗎？原來如此，是指外星人啊！」

：叫負責人出來面對。

：晴「我試著挑戰倒立喝水。」董事長「卡巴迪。」

：這間公司……沒有負責人嗎？

『不過放心！正如我剛才所說，我會透過今後的授課讓大家好好明白愛為何物！就交給老師吧！』

討厭好可怕……這個人的一切都好恐怖……

欸？我們是這個人的前輩？真的假的？今後很有可能一起直播？真的假的？

噢噢噢……這就是洛夫克拉夫特式恐怖（註：出自近代作家「H．P．洛夫克拉夫特」的著作系列，強調對於未知或不可知的恐懼感）嗎……我的理智值有危險了……

『欸——然後呢！由於公布完教導的科目，在班會時間結束之前，就來設個問答時間吧！有問題要問老師的嗎——！』

……

：請、請問……平凡人類之間的愛情不算數嗎？

：有勇者現身了。

『人類之間的相互瞞騙有什麼價值可言？』

？

『老師我呀，最討厭人類這種生物了。我甚至不想把他們稱為生物呢。看看我們的大自然，不覺得只針對腦袋這玩意兒持續進化的人類是扭曲的生命體嗎？理應是本能的愛，人類卻變成用腦子去思考，這樣的愛充斥著算計，根本沒有絲毫真實之愛的成分。所謂的愛，是一種無處不在的概念，但僅有這顆星球上的人類是個例外，而且他們絕對無法產出這樣的東西。所以對於你的提問，我給出的答案是純度百分之百的ＮＯ啦。』

：這已經不是教師，而是教主大人了吧。

：感覺稍稍透露了自己的內在……

：這黑暗也太深沉了。

：是、是怎麼了？有什麼難受的過往嗎？

喂妳剛才說了啥？
完全就是以侵略者的角度發言。
讓我無比心服口服的外星人設定。
叫負責人出來面對。

：妳不也是差不多的存在嗎！嘴巴說自己是外星人，但也和我們差不了多少吧！

『也是呢，這話言之有理。讓人鬱悶的是，老師也有著與地球人相似的大腦，所以我想像的對象不是悲慘的自己，而是物體和物體之間的配對。畢竟一旦老師參與其中，那愛就會在轉瞬間變質呢。但就算已經染上了地球的生活習慣，我依然是外星人，況且能用這雙眼睛看到愛，和愚蠢的地球人是不同的喔。』

咿咿咿咿……在講糟糕的話題時連語氣都會驟變，真是嚇死人了……這哪是新人的氣場，根本就是幕後黑手的氛圍啊！

『……對不起，其實我也明白，這只是將自己的價值觀強加在別人身上罷了。我嘴上說要教導你們，但老實說，我很清楚你們根本不會有理解的一天。我只是故弄玄虛，叨唸著本能一類的詞彙，以無機物為例，把場子攪得一團糟呢。我想，這一定只是在找人出氣吧。』

咦？

秋莉莉老師原本還滔滔不絕地講述著自己的思想，卻突然像是冷靜下來似的向眾人道歉。這樣的舉止再次讓我看傻了眼。

『老師我呀，是沒辦法對人類產生性愛之情的。老師的性慾無論何時都是對人類以外的東西而生。我說過了吧？老師我和大家不同，是個外星人喔。』

秋莉莉老師望向遠處，像是在正式做起自我介紹似的講述著自己的來歷。

『——但討厭人類是真心話喔。』

她在說完這句話後，又『啊哈哈』地笑了幾聲作結。我和聊天室都不曉得該作何反應，但在此時此刻，我總覺得那雙黑眼圈和死魚眼與老師十分相配。

『好的！輪到下一個人問老師問題了！真的問什麼都行喔！』

老師像是恢復了冷靜似的，再次進入了問答環節。

不知作何反應固然是事實，但我也對她有諸多在意之處。聊天室再次斷斷續續地拋出了問題。

：既然討厭人類，為什麼還想加入Live-ON？

『咦？因為我想大鬧一番啊。』

「「「噗！」」」

這過於直接的回答，讓我們這觀摩三人組同時噴笑出聲。

「原本還以為要講陰沉的話題，最後還是回到了Live-ON啊……」

「不對不對，雖然這箱裡也存在著以鬧事為樂的直播主，但在出道直播坦白這樣的動機也太奇怪了的喲……」

「哎呀哎呀，妳們這兩位暴走君（註：日本搞笑藝人）在講什麼呢？」

「「妳最沒資格說！」」

「妳們知道嗎？暴走君的身高大約有一百八十公分，還曾當過饒舌歌手喔。順帶一題，聖大人的身高也差不多是一百八十公分，還曾當過打砲專家喔。」

「「別硬扯在一起啦！」」

「我覺得這有點不講理啊。」

：www

：我懂了，這是煮得太久收汁到極限的Live-ON的感覺。

：啊——原來如此。

『真是的——因為喜好過度偏門，我在這世上真的很難找到容身之處……就在這時，我突然想到有間叫Live-ON的VTuber公司，說不定可以去那裡應徵老師！然後就變成這樣了！我之前一直過著厭世的日子，所以想說與其繼續過著鬱悶的日子，不如把世間觀感和羞恥心通通丟一邊，找個地方好好大鬧一番呢。』

「這、這個人也未免耿直過頭了吧！」

「這與其說是耿直，更像是自暴自棄的喲～？還有，至少我還不打算丟掉世間觀感和羞恥心的喲～」

「我也是喔。綜觀全Live-ON，符合這項要件的也就只有聖大人了。」

「哈哈哈，胡說什麼？聖大人是能透過將羞恥之事攤在世人面前，藉以獲得快感的人物喔。

這就是那種『別看我如此丟人的樣子』的情境呢。」

「請不用擔心，我既不會看也不想看。」

「要看啦。」

「剛才不是說不要看的嗎！」

「因為那可是聖大人丟人的樣子喔？」

「聖大人有不丟人的樣子嗎？」

「我沒看過的喲～」

「唔嗯——後輩們個個氣焰高漲，讓我的胯下好難受呀。」

：所以是已經不去介意別人的觀感是吧？

：接下來會怎麼發展呢……半是期待半是不安……

：我有問題！老師其實不是腐女嗎？

：啊——以這種剽悍的妄想能力來說，形象確實會偏向那個領域的大姊姊們呢。

：→用字遣詞有夠強的笑死。

『我覺得應該不是喔。老師我的妄想大都是ＮＬ（異性戀），要ＢＬ（Boy's Love）也不是不行，ＧＬ（Girl's Love）的話——如果有對到胃口應該也行吧。還有，以下這段是老師我個人的想像，實際狀況或許會因人而異就是了——似乎在腐女之中，也有人會像老師這般對天花板與地板，或是元素符號產生配對的妄想，但就我認為，那應該是在妄想的時候無意識地在腦海裡將之轉換為人類了。老師我妄想的時候，對象可都還是原始的風貌喔……說實話，如果把我和腐女歸為同類，應該也會惹得對方生氣吧。』

：只有最後一句是重點吧www

：天花板和地板……？元素符號……？咦……？

：放心，這個世界不需要那些知識也無妨。

『啊，班會時間馬上就要結束了呢！那麼在最後，我想向一位直播主聊表謝意，我相信她也正在看台，所以就借我一點時間吧。』

由於這段時間太過濃郁，我有那麼一瞬間很沒禮貌地閃過了「終於結束了」的念頭，但看來還有後續啊……

不過，她說要聊表謝意？在出道直播？是怎麼回事啊？難道她和某位成員是從以前就認識的熟人嗎？

『咳咳！欸——三期生的心音淡雪小姐！託您的福，老師我現在才能站在講台上！曾蒙您提及本人的話題，真的是非常感謝！』

——欸？

「淡雪……」

「喂……臭女人……又是妳搞的鬼……」

「咦？呃？……嗄？」

………………

「啥啊啊啊啊啊啊啊啊啊啊啊——？？」

：淡雪喔喔喔喔喔是妳幹的好事嗎啊啊啊啊啊啊啊！！

：wwwwwwwwwwwwwww

：想不到她居然連還沒出道的女生都下手了……

：有強〇故淡雪在，這個國家已經無路可逃了。

：畢竟小咻瓦是會來到絕望的女人身旁為其注射強〇的正義夥伴強〇騎士啊。

：理所當然地把男人剔除範圍笑死。

：但這完全就是犯罪組織趁虛而入的手法啊。

：她哪算騎士，實際上根本是被騎的那一方吧？強〇才是真正的淡雪騎士啦。

：我要去畫淡雪莫名遭修〇組織改造成機車，被擬人化的強〇騎在身上的圖了。

：居然不是被改造成騎士，而是改造成機車嗎……

：VTuber心音淡雪其實是改造摩托車是也！（原作的旁白風格）

：才不是什麼是也咧。

：要以強〇作為燃料飆上路啦。

：一公升144圓還是太貴啦。

：騎士——退貨（註：惡搞初代假面騎士主題曲「Let's Go!!Rider Kick」的歌詞）**！**

：妳已經可以去當特級咒物了。

「什麼？為什麼是我？不認識不認識！我不認識這個人啦！說起來除了Live-ON之外，我幾乎沒幾個熟人呀！」

……不對，稍微等一下，她剛才是不是說到了「本人的話題」？

『老師我呀，其實原本根本完全不認識Live-ON，甚至就連對VTuber都是一無所知。所以要是沒有淡雪小姐的話，我肯定早就化為社會的浮藻了！……不過，我其實和她本人沒有交流過就是了。』

以曾經相遇作為先決條件，再重新回顧這位老師的言行舉止後，我從自己的記憶裡翻出了些許端倪。

『某一天，我試著在社群網站上尋找著自己的同類，結果不知為何找到了淡雪小姐的精華剪輯。呃——我記得那好像是「Live-ON常識派」這場直播的剪輯影片。』

沒錯，如果那還是一幕讓人印象深刻的奇景——

『在那段剪輯之中，淡雪小姐她——』

難道說——難道說她就是——！

『談到了在影音出租店裡看著甲〇王者，妄想出ＢＬ情節的老師我呢！』

「果然是那個女人啊啊啊啊啊啊啊啊啊——！」

啊，我還記得很清楚，當時的那個大姊姊嘴裡呢喃著：『王道帥哥赫克力士長戟大兜蟲和肌肉結實的大象象兜蟲的配對真是讓人欲罷不能呢～！以粗大硬挺的男性象徵粗魯地相互撞擊，瞄準對手的弱點……果然甲〇王者是最棒的ＢＬ作品呢！』

但想不到……我只是講出了那個時候的光景，居然就讓她以五期生的身分加入了。這誰預料得到啊！

：揭開了震驚的謎底。

：啊——確實是有那麼回事笑。

：是說我那時候雖然感到愕然，不過以為她就只是個專攻昆蟲的腐女而已，想不到本尊更是厲害。

：原來小淡也在Live-ON兼職星探啊？

：能在最後把草種回來，她無疑是Live-ON的王牌呢。

『透過那場直播，老師我獲知了Live-ON的存在，於是便提起了投遞履歷的興致！而從今以後，老師我會繼續教授大家真實之愛——也就是「概念之愛」的相關課程喔！很好！既然時間到了，那今天就到此下課吧！謝謝大家！叮——咚——噹——咚——♪』

秋莉莉老師哼著耳熟能詳的學校鐘聲，退出了畫面外頭，直播也就此結束——

「……總之，就去把背叛我信任的Live-ON炸個稀巴爛吧。」

「在那之前老娘要先把妳炸個稀巴爛。」

「為什麼？」

「哼哼，等我戴好假屌之後，馬上就會把妳弄濕的。妳等著，我馬上就會把淡雪找出來的。」

「居然講得像是穿皮衣的莫西干頭角色一樣？」

不要緊嗎……這位老師能和我好好相處嗎……

『嘿咻，啊——啊——啊——』

「「「……嗯？」」」

在老師離場後，我們召開了幾分鐘的感想交流會——但不知為何演變成針對我的抨擊。結果

原以為已經結束的直播台卻又傳來了說話聲。

奇怪？這不是老師的聲音啊。然而我對這個聲音有點印象……這該不會是小劍的聲音吧？

『很好，大家都能聽到吧？』

『喂喂——小劍！在開口之際要先好好問候才對吧！呃——各位貴安，我是偉大宮內家的獨生女，亦為Live-ON黑粉，名為宮內匡。』

小匡也在？咦？怎麼回事？

兩人沒理會陷入困惑的觀眾，甚至秀出了化身，自顧自地聊了起來。

『哎呀～老子剛才也看了出道直播，但那真是一團糟耶——』

『是呀。不僅把觀眾晾在一旁，還突然上演情緒失控，實在太荒唐了。』

『她真的是個很不好的老師，大家對不起噢——？』

「不不，聖大人她們雖然也是被晾在一旁，卻是滿口稱讚喔……」

「……啊！說不定，她們是來為個性過於強烈的秋莉莉老師打圓場的喲～？」

「原來如此！她們是在為同期救場嘛！真是貼貼呢。」

『秋莉莉老師真的很糟糕呢。如果不幫她訂下時程表，她的生活節奏便會變得七零八落，就連餐具都完全沒洗。』

『對呀——！甚至連換洗衣物的分類也很隨便，即使衣服乾了，她也會直接皺巴巴地穿在身上呢。』

「……不是來打圓場的嗎？」

「不如說是來落井下石的喲～」

「不，等等，重點不在那裡吧？從剛才的對話來看，其中似乎蘊含著重要的訊息喔！」

重要的訊息？

就在我為聖大人的話語感到偏頭不解時，我發現聊天室裡騷動了起來。

：為什麼妳們會知道得如此詳盡？

：您真是知之甚詳（奸笑）。

：難道是住在一起的關係嗎？

！是、是這個意思嗎？原來是這麼一回事？

難道這三人的感情已經好到可以肆無忌憚地講彼此壞話了？

『不，我們沒有住在一起。不過老子和她住在同一棟大樓，而且就住在隔壁，所以常常跑來串門子。』

『宮內我是住在自己家，但因為老師太過邋遢了，經常會過來做偵察。』

『話又說回來，迄今的這段日子真是度日如年呀——五番隊總算是湊齊啦！』

『普通地說五期生就行了。不過我同意這段時間很漫長呢，畢竟在宮內我和小劍都出道之後，老師卻進入了低潮期，那時還真是很折騰人呢……』

在這一個月裡，我已經大致察覺到這兩人的交情很好了，卻想不到她們也和那位老師相處融洽啊。

然而這也難怪。仔細想想，對我們來說，今天固然是與老師首次見面，但以這次的五期生出道模式來說，這兩人應該已經與她度過了一段很長的時間嘛。

……嗯——話說回來，那位老師居然還有這一面啊？真是意外。

『不過啊，嗯——那位老師還是有一些優點的啦。喏，像是她其實還挺正經的——』

『是這樣呢——』

『給我住口啊啊啊啊啊啊啊啊——！』

「「「？」」」

雖然能明白相處融洽的理由，但還是感到有些意外啊——我原本聽著兩人悠哉的對話，卻突然聽到了急促的怒吼聲，把我嚇得身子一僵。

『啊，老師，歡迎回來——』

『為什麼還要回來？老師妳的出場時間早已結束了。』

『我沒聽說有讓妳們上場的環節啊！我在結束直播後去了其他房間，總算能喝罐咖啡稍作小憩。然後我就想：「對啦，既然機會難得，不如趁著直播還沒結束之前當個觀眾試試吧。」——而在用手機打開直播後，我馬上就看到妳們兩個出現在螢幕上，害我把嘴裡的咖啡都噴出來了！

呼……呼……』

『哎呀，秋莉莉莉老師，妳先冷靜點。』

『妳多唸了一個莉！』

『沒錯，都怪秋莉老師太不可靠了，所以宮內我和小劍才會過來幫妳撐場子啊。』

『妳們不是說這次只是陪我一起來公司而已嗎！還有這次少了一個莉！』

『哎喲，別激動嘛秋莉莉莉莉莉莉莉莉莉莉莉莉ｒｒ啊，咬到舌頭了。』

『小劍，要正確喊出秋莉莉老師的本名果然很不容易呢。』

『我才沒有那麼蠢的本名！別亂加設定！哎，感覺好丟臉，不准妳們亂講話！直播已經結束了，所以跟我過來！』

『哦喔，別拉老子啦——』

『不用這麼著急，宮內我們會依照原訂計畫，在回家之後辦個慶祝派對呀。』

『我就說不用把這些事都講出來啊！』

：完全就是一票姊妹淘笑死。

：哦？原來是傲嬌嗎？

：本名是churrrrrrrrrrrrrrr之類的嗎？

：要開派對笑死。不是討厭人類嗎？

……怎、怎麼回事？

面對老師驚慌的喊叫，先一步出道的兩人依舊以散漫的語氣回應，但她們似乎是被強行帶離了房間，只聽見她們的聲音漸漸遠去——到頭來，她們還是被請出了直播。

而直播也到此結束了——

……看完這場出道直播，我不僅從頭到尾都一頭霧水，就連延長賽都沒辦法跟上節奏，這次加入的也是一名個性強烈得前所未見的新同伴。只不過——

「總之呢，感覺船到橋頭自然直呢。」

「是的喲～」

「我也是這麼想的。」

拜小匡和小劍之賜，在徹底落幕後，我們仍是點頭讚許。

在經歷三種不同的風格後，Live-ON的五期生的出道直播便全數結束了——

愛的授課

在秋莉莉老師以強烈的風格出道後，過沒幾天，我便看著手機露出了五味雜陳的苦笑。

原因便是先前收到的這封訊息。

〈秋莉莉老師〉：心音淡雪小姐，我預計在信中的這個日子進行授課，希望您能準時出席（想請問能否與您合作的意思。若您當天沒空，我會盡可能配合您的行程更改日期）。

這個難以形容的邀約信是怎麼回事……明明前面還用老師的口氣要求我出席，但後面又說願意配合我有空的日子……搞不懂她的態度是從上往下看還是從下往上看，是在致敬「煙花」（註：動畫電影「煙花」的原名為「升起的煙花，是從下面看？還是從側面看？」）嗎？

但日期方面問題不大，畢竟我這天沒事，如果是其他成員的邀約，我應該會二話不說地允諾吧。

只不過……對方是秋莉莉老師啊。

我苦惱著該如何用既有的詞彙說出不安的理由，但無論怎麼列舉，只要抬出「這就是秋莉莉老師的風格」來反駁，我就只能心服口服地點頭同意了。就像天空必然是藍色，花朵必然會凋謝那般，秋莉莉老師也必然是個糟糕的存在，這就是這個世界的自然法則。

由於在出道直播的最後，小匡和小劍緩和了不少氣氛，我並沒有產生如臨大敵一類的情緒，而且也確實打算同意這次的合作邀約。

只不過，在對她一無所知的狀況下，我實在沒把握能和秋莉莉老師戰個旗鼓相當啊……

雖說無論秋莉莉老師的風格再怎麼荒唐，以立場來說仍是一位新人，而我則是前輩。為了照顧還不熟悉合作直播的新人，前輩自然該挺身而出。但一想到可能會被秋莉莉老師耍得團團轉，就讓我有些躊躇不前。

要是能多獲取一些和老師有關的資訊，應該就可以想個辦法和她較量一番了……

「啊，那麼問其他的五期生不就好了嗎？那些孩子好像和老師相處滿久的呢。」

福至心靈的我，首先傳訊詢問了小劍。

〈心音淡雪〉：抱歉突然打擾了，秋莉莉老師不久前送了邀約合作的訊息過來，為了理解她的作風和制訂對策，能請妳說說老師平常是什麼樣的個性嗎？

理解作風和制訂對策……巧合的是，這樣的用字遣詞也像是在打聽學校老師的教學風格呢……

過了不久，小劍便回傳了訊息。

〈†短劍†〉：老師她啊，是已經沒救的聖大人喔！

〈心音淡雪〉：聖大人早就是藥石罔效的狀態嘍。

〈†短劍†〉：那就是已經沒救的師父！

〈心音淡雪〉：我可沒有任何沒救的徵兆喔。

〈†短劍†〉：啊哈哈哈哈！師父每次的耍寶都好有趣喔！老子最喜歡了！

〈心音淡雪〉：奇怪？我剛才有耍寶嗎？妳應該不是在說沒救的那個部分吧？是吧？是吧？

〈†短劍†〉：嗚……師父，對不起，老子的記憶……想不起剛才的訊息是基於什麼樣的心態發出的了……

〈心音淡雪〉：妳只會在這種時候想起自己的設定呢……

啊真不錯，小劍果然很能治癒人心……除了臉蛋可愛之外，這種略帶囂張但又很好配合的後輩氛圍也很可愛，總是讓我不禁露出笑容呢……她馬上就遵照我的建議，把名字加上「†」的這點也很讚……

……啊不對不對，現在不是尋求治癒的時候。雖然腦袋某處湧現了想繼續瞎扯淡的想法，但現在得先問問和老師有關的事。

〈心音淡雪〉：言歸正傳，就算已經沒救也無妨，可以說得詳細一些嗎？

〈†短劍†〉：老師她啊，已經在社會上打滾很久了，所以深知社會的結構喔。她和老子與小匡不一樣，早就不是小孩子了。但因為她以一副莫名正經的態度凝視著社會的黑暗面，最後就被黑暗給吞噬了喔。

〈心音淡雪〉：妳的意思是，她是一名成熟的大人嗎？

〈†短劍†〉：如果大人指的是能自立自強的人，那她倒也不算。聖大人和師父雖然領域不同，但也在社會上打滾過一段時間，目擊過相同的黑暗面，儘管如此，卻仍在被吞噬之前來到了Live-ON，並過上了自立自強的生活對吧？但是老師完全是在超越極限之後才抵達Live-ON

的，所以老子才會說來不及了。

〈心音淡雪〉：總覺得還挺深沉的呢……

〈†短劍†〉：她實際上也經常鬧彆扭呢——但不是個壞傢伙啦。畢竟只有好傢伙才會被社會的黑暗面吞噬吧？正因為身懷光芒，在與黑暗展開對峙之際，才會感受到非比尋常的濃烈黑暗嘛。

〈心音淡雪〉：小劍，妳為什麼只會在這種時候說出完美無缺的中二台詞呢？平常就要用這種調調講話啦，聊嚴肅的話題聊到一半被妳這樣一說，我也很難接話呢。

〈†短劍†〉：咦咦？老子剛才沒有要耍中二的意思啊？

這孩子真的是個草包呢……

〈†短劍†〉：啊——總之就是這麼回事，是要問作風和制訂對策對吧？老子認為與其想出奇制勝，還不如一如往常地勇往直前！就算秋莉莉老師講了什麼扭曲的話，也只需要向前猛衝！這樣應該就行了！

〈心音淡雪〉：咦咦……總有種橫衝直撞的感覺……

〈†短劍†〉：因為老子和小匡就是用這種方式和她打好關係的嘛。沒問題的！秋莉莉老師會屈服在蠻幹之下的！

……我、我可以把「屈服在蠻幹之下」當成刻意為之的黃腔嗎？

大概是這樣沒錯吧。畢竟她前陣子也說自己會開黃腔，好吧……

我以動作比先前稍嫌緩慢的手指再次敲打文字。

〈心音淡雪〉：畢竟教師類的色情書刊也總是這種流程呢！

這樣就行了。呵呵呵，我和小劍的互動也愈來愈高竿——

〈†短劍†〉：啊——？怎麼突然說起這個話題？

原來不是在開黃腔嗎——！

我差點整個人趴倒在電腦桌上。這個天然呆傻丫頭！

〈†短劍†〉：順帶一題，師父收到的合作邀約信是老師找上老子商量，煩惱了整整五個小時才構思出來的結果，所以她是很認真的喔。

欸？咦咦？啊，訊息被收回了？

總覺得剛才看到了超級有意思的資訊，但沒過幾秒就被她收回，因此再也看不見了。

〈心音淡雪〉：等等！把剛才那段話再傳給我一次！

〈†短劍†〉：嗚……抱歉，老子的記憶又……

〈心音淡雪〉：月島先生（註：漫畫《死神》「完現術篇」的角色，有著能將自己參入他人回憶的能力）**該不會在妳身旁吧？**

〈†短劍†〉：啊——？那誰？

〈心音淡雪〉：看來妳還沒讀到那一篇啊……

由於從小劍那裡打聽到資訊了，接下來也問問小匡吧。

我將傳給小劍的那段文字原封不動地傳給了小匡。

〈宮內匡〉：她是個很正經的人。

過了一會兒，我收到回訊了。

既然兩人都這麼說，代表老師真的是個很認真的人吧。真是人不可貌相……

〈宮內匡〉：同時也是個糟糕透頂的人。

才用一句話就能前後矛盾，但我最近甚至會為此感到安心呢。

〈心音淡雪〉：小劍也形容過她是「已經沒救的聖大人」呢。

〈宮內匡〉：這比喻還挺妙的。但之所以會變得無藥可救，是因為她原本就不適合走那條路。宮內我認為，老師只要打起精神走上嶄新的道路，一切就會迎刃而解了。

……總覺得小匡的話語帶著年輕的活力呢。我雖然也還年輕，卻依舊覺得她的話語充滿活力。

〈宮內匡〉：此外，從理解作風和制訂對策的觀點來說，或許可以先記下「老師幾乎對Live-ON一無所知」這點喔。

〈心音淡雪〉：咦？是這樣嗎？

〈宮內匡〉：因為老師原本對Live-ON不感興趣啊。頂多就是稍稍對妳有點認識罷了。

〈心音淡雪〉：既然都成了同個箱的成員，難道她不會多做些調查嗎？

〈宮內匡〉：工作人員對她說過「無知也是一種魅力。」這種說法似乎讓她非常中意，因此她一直遵守著這樣的建議呢。

〈心音淡雪〉：原、原來如此……

〈宮內匡〉：她很正經吧？

〈心音淡雪〉：聽到妳這麼說，我才頭一次感到釋懷呢。

在錄取之後，先是由小匡出道，之後是小劍，最後才是自己。能在這段漫長的時間嚴守建言，感覺是真的很了不起呢……

有那麼一瞬間，我閃過了「官方乾脆讓她第一個出道算了」這樣的念頭，但又覺得不能將第一棒的任務交給她。由於老師的個性過於強烈，所以得先讓能夠緩頰的同期先出道才行。

不過……嗯，聽完兩人的說法後，我這下明白該怎麼面對她了。

我向老師發了封訊息，表示會出席她的課程。

哎，所謂的對策，其實就是老樣子。

只要喝了強〇再上就行了對吧？

「好的，大家早安！我是Live-ON五期生兼擔任愛之科目的老師秋莉莉！我馬上就要開始上課了，所以打算先點個名。呃——神成詩音同學！」

「在——！」

「祭屋光同學！」

「在！」

「心音淡雪同學！」

「乾——杯！咕嘟咕嘟咕嘟！」

「…………」

如此這般，我來和秋莉莉老師首次合作啦！因為只讓一名學生上課有點奇怪，所以似乎是由小光、詩音媽咪和我三人一起上課呢！

「……請問，淡雪同學？」

「嗯——？」

「妳在做什麼呢？」

「我在喝酒！」

「……不覺得有點奇怪嗎？」

「有不奇怪的點就說出來啊。」

「…………」

：今天是上課時喝酒被教師點名還惱羞成怒的清秀之人的生日喔。

：是個超級問題兒童啊。

：連尾崎老弟都會為之倒彈。

：放牛班高中常見的光景。

：那不是高中，是小咻瓦的家啦。

「那個啊，其實老師對Live-ON不是很熟悉呢。我對各位直播主的認識，就只有看過官方網站的設定而已，所以只知道這裡是一群怪人雲集的地方……這樣難道很普通嗎？」

「光覺得這樣超級搖滾的喔！」

「小嬰兒還是淘氣十足的樣子最有精神了！」

「…………」

：啊，老師的氣色變得更差了……

：她之前自己開台的時候也提過這點，是真的沒什麼相關知識啊。

：這很普通。（絕望）

：老師看起來變普通了，真是不可思議。

‥反正她很快就能理解這也是幻覺的一部分了。

「是……是這樣啊……奇怪，難道Live-ON糟糕的程度超乎了我的想像？不對不對，我既然是想來大鬧一番的，那豈能輕易示弱！咳咳！呃——如此這般，老師接下來就要開始上課了，為了能多認識大家，希望能由各位向老師做一段自我介紹喔！」

「老師！」

「嗯？詩音同學，怎麼了嗎？啊，難道妳願意第一個自我介紹嗎？」

「可以把老師當成小嬰兒嗎！」

「妳用那種『香蕉算是點心的範疇嗎？』的語氣在說什麼話呀？」

「我從今天開始就是老師的媽咪了！請叫我詩音媽咪！請多指教！」

「沒辦法好好指教啦！聽我說，總之先好好作個自我介紹吧？」

「我是Live-ON二期生神成詩音！有煩惱或困擾的時候就交給詩音媽咪吧！」

「哦——真是可靠。」

「嗜好是媽咪活！」

「不管發生什麼事我都不會求助的。」

「啊，雖然說是媽咪活，但其實是強制將同箱的成員們變成小嬰兒，讓她們喔嘎喔嘎吧噗吧噗的那種媽咪活喔！」

「我到死都不會想扯上關係的。」

：笑死。

：多了新的小嬰兒，詩音媽咪的情緒也變得高亢起來了呢。

：那種是哪種啦？

：能讓普通的媽咪活變成正當行業的口才笑死。

：但這在Live-ON還算得上正經的，可怕如斯。

「哎，堂堂秋莉莉老師當然不會向地球人求助啦。哼！欸——接下來是心音淡雪同學，能向老師作個自我介紹嗎？」

「聽說老師那篇莫名其妙的合作邀約信是求助小劍一起商量的真假？」

「呀啊啊啊啊啊啊啊啊——！！妳為什麼會知道啦？？」

「而且還煩惱了五小時真假？」

「是那個臭小鬼說溜嘴了是吧！」

「我認為身為老師不該講『臭小鬼』這種詞彙的啦——」

「嗚……好吧，就姑且放妳一馬。畢竟即使不作自我介紹，我也只對淡雪同學做過一些鑽研，因此不介紹也無妨。我其實從妳身上感受到了共鳴之處喔。以老師我的個性來說，很少會產生想和地球人好好相處的念頭呢。」

「身為老師就不該對上課喝酒的學生產生共鳴吧。」

「嗚嘰咿咿咿咿──扯完東妳又扯西！夠了！原因之後再說！」

不熟悉Live-ON的反應超有趣的笑死。

「呃──最後是祭屋光同學！麻煩妳自我介紹！」

「我是Live-ON三期生祭屋光！」

「妳和淡雪同學是同期呢。」

「不，呃，其實不是同期啦……嘻嘻……」

「咦？可是妳剛剛才說是三期──」

「光不是她的同期……是奴隸。」

「淡雪同學。」

「不是的。」

「Live-ON是有治外法權的地方嗎？」

「不是的。」

算我求妳了，小光，不要時不時對我投來那種熱情的目光啦，罪惡感都要害我醒酒了。在沒經歷過那件事之前，我也不曉得妳會露出這種表情啊。

還有，我真的要拜託妳，不要擅自把別人喊成主人啦。

「小光，妳是我的同期，也是陽派女孩，ＯＫ？」

「都是小咻瓦不好喔？是因為小咻瓦教會了光名為疼痛的快感……」

「淡雪同學，我要撤回先前說想和妳好好相處的念頭。我到死都不想和妳扯上關係。」

「啊哈哈哈哈，來開第二罐吧——」

：奴隸wwwwwwwwwwww

：嗚哇，淡雪爛透了！

：要是和淡雪為敵，在Live-ON是活不下去的喔！

：因為這女人手握Live-ON所有人的強勁人脈啊。

：別再把小咻瓦塑造成壞蛋了啦笑。

啊，總覺得自己最近好像從來沒有好好自介過呢……

「好的，既然都點完名了，那就開始上課吧。呃——但因為對各位來說，這還只是第一堂課，因此一開始會稍稍花點時間，為了讓各位明白老師提倡的概念之愛乃是正道，我打算從各種觀點徹底否定大家認為的愛，藉以展露自己的優越感。老師我對於匡同學那種循循善誘的柔性作法毫無興趣，所以我會把妳們打到喪失鬥志，藉以宣洩內心的壓力喔。」

：您露出太多本性了喔。

：原來教師是個能展露優越感的職業啊。

：當然不可以啊。

：這女人一副想找架吵的樣子。

：如果是宮內，在下一秒就會認輸了。

「哈，可別把老師我和那種不諳世事的大小姐混為一談啊！反正在場的各位肯定都是些只知曉淺薄的愛的地球人，根本不會是我的對手。」

「母性乃是這世上最為純粹的愛喔！」

「就連光也知道主僕關係才是真正的愛喔！」

「I LOVE STR——」

「老師我雖然沒什麼立場這樣說，但妳們的愛是不是都太扭曲了一點？因為沒時間了，我要繼續講下去了——但老實說我打從內心對妳們何以形成這種價值觀感到非常在意喔？剛才雖然說了妳們不是對手，但老師我現在已經對妳們感到懼怕了喔？」

畢竟Live-ON提倡的就是自由的風氣嘛？

「也罷，那麼……好吧，就先從率先上鉤的詩音同學的愛開始否定吧。詩音同學，妳認為母性才是真實之愛嗎？」

「正是如此！這世上不存在勝過母愛的事物！」

「哈，老師我啊，光是在這一瞬間，就想到足以能對著聊天室噴撒火焰發射器的長篇大論喔。」

「什、什麼意思？」

「母親——或者說家人的話題，都是每個人在這世上最為敏感的部分。母性就是真實之愛？哈，要是如此，為什麼幾乎虐童案會天天上新聞？所謂的純粹之愛，是會根據生長的環境不同而無法平等享受的東西嗎？純粹的應該是妳的腦袋吧？至少我不認為人類擁有的母性可以稱之為愛呢。」

「唔唔唔……」

「比起人類的母性，該聊的應該是散見於昆蟲界的——會在產子後死亡的生物，不覺得能從這樣的概念之中看出唯美而虛幻的家族愛嗎？」

「唔唔唔？」

還以為這個人要展露優越感了，結果就這麼從上空飛過去啦。

「……還有，我剛才雖然講得有些刁鑽，但純粹其實是好事喔。妳要好好愛著孩子啊。」

「欸？啊，這是當然的。」

這回則是溫柔地幫對方打氣了。她到底想做什麼啊……

：欸？為什麼打起圓場了？

：感受得到本性是個大好人。

：與其說是本性，不如說這人以前大概也是很純粹的個性吧。

：有種想學壞卻壞得不夠徹底的感覺。

：我莫名感傷了起來……

關於家族的話題，我其實也經歷過不太好受的過往，所以老師的論點或許有部分能博得我的同意，但我這下也沒那個心情贊同了啦……

「好啦，既然詩音同學已經敗在了老師手下，那接下來就以光同學作為對手吧。」

「嗚……小光！接下來就拜託妳了！」

「好喔！」

「光同學，妳認為主僕關係就是真實之愛對吧？」

「沒錯！犧牲自己成全他人，這是沒有愛就無法成立的行為！」

「哈，妳可真不懂啊！妳就像擅自在可愛動物影片上加上動物心聲的影片上傳者一樣不懂！」

「……咦？怎麼突然講這個？應該說加上心聲又有什麼問題了？」

「明明就是因為不想看到人類，才打算觀看動物影片尋求慰藉，但一加上字幕就能瞥見人類的影子，無異於被潑了一盆冷水啊。那種會在語尾加上『汪』或是『喵』的甚至會讓我想吐。特別是看到明顯和動物的想法有出入卻被加上人類自以為是的字幕時甚至會讓我火冒三丈啊——真的饒不了這種人。嘀咕嘀咕嘀咕嘀咕……」

「咦？咦？」

講話內容太缺乏脈絡了吧……這根本只是在抱怨而已啊……

：到底要抱怨到什麼時候啦www

：但我倒是能理解討厭動物字幕的想法。

：小時候明明一點感覺也沒有……這就是成為大人的結果嗎……

：也是有這種人呢——

：我是有同感啦但現在該好好和小光對話啦！

「……咳咳，失禮了。欸——所以說？剛才是講到主僕關係來著？小光是服侍的一方對吧？那妳的主人又是誰？」

「當然是小咻瓦啦！」

「淡雪同學？」

「我什麼都不知道的哩，的哩的哩——」

「光同學？」

「啊……被冷淡以對也……好棒……（抽搐抽搐）」

「就算不是老師我，也不會覺得這是真實之愛吧？」

「您說得沒錯的哩，的哩的哩。」

為了小光好，我在此不得不同意老師的說法呢。還有別在那裡抽搐！我很清楚妳嘴上說是主僕關係，但其實只是想享受被虐的快感而已喔！

「光同學，關於主僕關係的愛，老師雖然想針對立場差異或是受虐感等部分深入探討，但在雙方利害關係未能達成一致的當下，不覺得要稱之為真實之愛實在有些太勉強了嗎？」

真的是義正辭嚴啊。

「嘖嘖嘖，老師真是太嫩了，居然看不出小咻瓦是為了讓光感到舒服而刻意擺出這種態度呢！」

「淡雪同學，是這樣嗎？」

「應該說我才有被欺負的感覺。好想求救的啦。」

「小咻瓦！妳既然想求助，就代表妳已經累積了大量壓力對吧！換句話說，妳會像之前那樣踐踏光對吧！妳這是在邀請光對吧！！光都懂喔！！」

「踐踏……？像之前那樣……？淡雪同學，下課後留下來。」

「就是這麼回事的啦。性價比高又能呼來喚去的超級受虐狂根本是無敵的存在啊。咕嘟咕嘟咕嘟……」

：笑死。

：小光也變成大人了呢（哭）。

：這的確會想喝強〇呢。

：不知道是不是錯覺，總覺得小咻瓦喝酒的身姿有些落寞……

：奇怪？難道老師是吐槽角色？

「唉，光同學也不是對手呢。」

「嗚，小咻瓦！踩碎光的屍體前進吧（註：典出電玩遊戲「降鬼一族」的日文原名「跨過我的屍體前進吧」）！」

「我輕輕繞過的啦——」

好哩，換我上的啦——！

「咳咳，最後是淡雪同學呢。雖然我在出道直播時也提及過，但趁著有機會面對面，老師還是要再次感謝妳找到了我！」

「要是被妳感謝，就會有很多問題落在我頭上了，還請您嘴下留情。」

「剛剛也曾稍微提到，就算看在我這個外星人眼裡，淡雪同學也是有亮眼之處的喔。」

「還請您懷疑一下自己的眼珠子。」

「淡雪同學，我聽說妳和強〇結婚了。」

「還請您懷疑一下自己的耳朵。」

「那我就不說了！哼！」

「啊——對不起！別生氣啦，是我不好！」

「在老師我認識妳的時候妳還是個更加奔放的人呢果然人只要積攢了知名度就是會變呢。沒錯有些人以前明明走的是冷嘲熱諷的路線而且也很有趣但在紅了之後就突然在直播節目聊些無關緊要的話題而在影片也刻意地做出一點也不好笑的反應，這種只想從信徒手中撈錢的直播主可說是隨處可見。果然地球人就是會換了位子就連腦袋都一起換掉的啊啊啊啊這是多麼愚蠢的生物嘀咕嘀咕嘀咕……」

「給我回來啊——！」

老師再次快嘴地說些讓我聽得似懂非懂的抱怨，眼見她又要說個沒完，我連忙出言打斷。

真虧她隨口就能迸出這麼一長串的抱怨……

：好意外，原來秋莉莉老師也會有想被人理會的時候笑。

：哼！（好可愛）

：字字珠璣啊這www

：是有這種直播主沒錯啦……

：這就是一無所有之人的覺悟嗎……

「……咳咳，失禮了。欸——簡單來說，我認為淡雪同學已經擁有了與老師提倡的『概念之愛』相近的價值觀呢。」

「很好很好，能重振旗鼓真了不起！所以呢——為什麼？」

「老師我提倡的概念之愛，一言以蔽之就是『非人類×非人類』。而強〇當然不是人類對吧？不過淡雪同學卻能從中感受到愛情，換句話說就是『人（淡雪同學）×非人類』的結構呢。由於深究下去會變得很瑣碎，所以順序產生的攻受問題就先不討論。」

「啊——……也就是說，我已經一隻腳踏進老師所提倡的愛裡頭了？」

「沒錯！雖然還在路途上，但老師至今遇過的地球人之中，就只有淡雪同學離真理如此接近喔！」

唔嗯……該怎麼說，我明明被稱讚了，卻開心不起來耶……

「怎麼樣，淡雪同學？要不要再往前跨出一步試試？」

「跨出一步是指？」

「簡單來說，就是將自己排除於配對之外！不是『人（淡雪同學）×強〇』，而是試著從『非人類×強〇』之中感受到愛吧！若能到達這個境界，之後只需將強〇換成其他物種即可！妳距離理解概念之愛已是近在咫尺嘍！」

「咦……可是ＮＴＲ（被睡走）不是我的性癖好啊……」

「咦？老師我有在講ＮＴＲ的話題嗎？」

「咦？」
「奇怪？」
「欸，詩音前輩！NTR是什麼呀？」
「是小光應該會喜歡的東西喔。」
「真的嗎！我晚點就去查！」
「別這麼做。」
「為什麼？啊，是那種吊人胃口的玩法吧！刻意禁止去查會喜歡的東西……詩音前輩也很有一手呢！」
「這孩子應該是全世界最會享受人生的女生吧……」
：看來老師和小咻瓦有互補加乘的協同效應喔。
：畢竟是老師認識Live-ON的契機嘛。
：不過對話看似對上了其實並沒有www
：小光的失控已經煞不住了。
：世界第一幸福的人是個超級受虐狂，我都能感受到詩意了。
「算了。總而言之呢，淡雪同學，先試著將自己抽離與強○的愛吧。」
「嗄？讓小強○幸福的人只會是我啊？」

「不、不是啦，聽我說喔？啊——……啊，對啦！妳不覺得對於地球人來說，強〇這樣的對象太不夠格了嗎？」

「妳說什麼傻話！小強〇啊，可是日本的超級巨星喔！她可是為日本的人們帶來了笑容！也為了人們的活動拚命努力，把小強〇當成不夠格的對象，未免對她太不禮貌了吧！」

「超、超級巨星……哦、哦——啊，那個……真對不起！」

「喏——小強〇也是這樣想的吧？鏘鏘！強〇也是這麼想的喔強〇！」

「語尾也太隨便……啊——我不是要說這個！淡雪同學不是說了要結婚嗎？偶像如果結婚就幹不下去了吧……」

「小強〇支持著我們每一個人的心！每有一人喝下，就有一名小強〇誕生，是超級巨星喔！所以沒關係啦！」

「這、這樣啊！抱歉，我說了奇怪的話！……不不，總覺得好像不是沒關係的樣子。淡雪同學，我想試著駁斥妳的內容，可以再複述一次嗎？」

「我忘了。」

「嗄？」

「我是順著氣勢隨便亂講的，哪可能記得住自己說過什麼話——啦！這點小事妳要懂啊！妳不是老師嗎！」

「啥！？什麼意思啊，這種說法也太不負責任了，妳把老師當什麼了？」

「妳這下完全是教師失職了呢，快點辭職啦。去向強〇公開道歉後辭職啦。」

「如果這樣就算失職，全世界的教師都不用幹了！」

「我現在還能回想起來的事，頂多就是一年前喝過的強〇口味而已。」

「淡雪同學，妳太奇怪了……我要全面收回剛才講過的『以前的妳更加奔放』一類的話語……」

：大草原。

：對講出來的話完全無法理解笑死。

：真的像是強〇的擬人化啊。

：向強〇公開道歉辭職，這會是全球首例吧？

：全部七零八落又莫名其妙，但只要說「這就是小咻瓦作風」就能欣然理解！

：宛如國士無雙（註：日本麻將的牌型，胡牌條件為湊齊十三張么九牌（一萬、九萬、一條、九條、一餅、九餅、東、南、西、北、中、發、白），並將其中一種組成對子）**般的女人啊。**

：老師過於直接的倒彈宣言讓我笑了。

小強〇……我守住妳的名譽嘍……

我和小強〇的羈絆！不會被任何人！撕裂！

「嗚，想不到在氣勢上居然輸了……但妳能得意的時間也就到此為止了！餘興節目就此結束！接下來才是秋莉莉老師正式的愛之授課！在課程裡，唯有老師的思想才是全部，才是唯一的正確答案！說穿了就是老師的領域！這次我一定要大鬧一番，把妳們揍得滿地找牙，給我做好覺悟吧！」

……雖然講這個有點晚了，但老師有必要在課堂上大鬧一番嗎？（發動完能力後進入了賢者時間）

「好啦，接下來為了測試各位，我想以概念之愛作為基底出題，讓各位作答。這就像是為了測試各位實力的檢定，請問有什麼問題嗎？」

「「「我我我我我我我我我我我！」」」

「給我安靜。」

「「「可以這樣的嗎？」」」

「妳們想要笨的氛圍太明顯了。我雖然用了老師般的口吻講話，但果然還是不給妳們問比較好。」

嗚，這女人意外地敏銳啊……

「那我要出題了。『請從一般學校會有的東西之中找出愛』。請作答。」

哦——哦——也就是說，就像是老師之前從鉛筆和橡皮擦找出了配對那般，要我們使用學校既有的元素湊出配對的意思？

「我！」

「淡雪同學請說。」

「來4P吧！」

「……是哪四個？」

「那當然是老師、我、詩音媽咪和小光啦！」

「好的零分。」

「秋莉莉老師，對小咻瓦來說，零其實就是一百喔？」

「雖然我不懂妳在說什麼，但這題除了以概念之愛作答之外，其餘答案老師一律不受理。換句話說，把人類放進去是不可以的。」

「………………」

「呼哈哈哈哈！這果然是老師我的領域！剛剛還吠叫個不停的淡雪同學如今已是無言以對！是老師我的大獲全勝！果然地球人不過爾爾！」

「………呵。」

「？妳笑什麼啊？」

「沒啦，只是覺得老師果然也是一名菜鳥呢。」

「妳說什麼？」

「就讓我打開天窗說亮話吧，妳剛才出的問題，其用意非常地難以理解。所以我刻意在初次作答時答錯，使妳做出剛才的反應，這才能淺顯易懂地讓觀眾們明白規則！」

「？原、原來是這樣嗎？的、的確，被妳一說，這一題或許是有點難以理解……」

「啊——哈哈哈！」

「也是呢，身為直播主，便該將觀眾視為第一優先才行呢……」

「啊——哈哈哈哈哈！」

「對不起，淡雪同學，我也要謝謝妳。妳讓我上了一課呢。」

「啊——哈哈哈哈哈哈哈哈哈！」

呼哈哈！呼哇——哈哈哈！

「都是我剛才想到的。」

「我要把妳丟出窗外！」

：我想也是這樣。

：我是從笑法察覺的。

：這代表她能在無意識之中考慮到觀眾的處境做出行動呢。

：如果有顧慮我們，在給出4P這個答案之前就多思考一下啦……

：老師果然是吐槽角色嘛！

：看到她老實地反省，其實還滿讓我意外的。

「我！」

「呼、呼，光同學請說。請別接二連三地耍笨喔？」

「麥克筆與課桌！」

「！？沒錯！就是這樣！妳只要努力也還是辦得到嘛！麥克筆或許是從老師以前提過的鉛筆聯想而來的，但這種思維也不錯！妳究竟發掘到了什麼樣的愛？告訴老師告訴老師！」

「麥克筆……在課桌上……寫下了許多過分和下流的字眼……」

「嗯？」

「小咻瓦拿麥克筆……對光的桌子惡作劇……呼！呼！呼！呼！」

「不是這種意思啦……三分。」

「呵，是我贏了呢。」

「淡雪同學，妳在說什麼呢？妳可是零分喔。」

「因為是4P所以是四分啦！呼嘻嘻嘻！」

「我要把妳從頂樓丟下去喔！唉，光同學，請再多加把勁吧。」

「再加把勁……不、不是寫在書桌上，而是直接寫在光的身上？」

「看來是不行呢……麥克筆和課桌可以看成體格相差懸殊的關係。桌子雖然個性木訥，卻總是笨手笨腳地避免麥克筆落在地上。而這樣的身姿吸引了麥克筆的注意，讓它在桌面上滾動撒嬌──若能看出這部分，就勉強能拿二十分喔。」

：笑死。

：給分標準太嚴厲了吧。

：小光的性癖好一天天地受到了開發……

「詩音同學呢？有沒有想法？」

「呃──……呃、那個……時、時鐘？」

「時鐘……還有呢？」

「呃、呃──……室、室內鞋？」

「「「時鐘和室內鞋？」」」

「過、過不了關嗎？」

「詩音同學……想不到妳是標新立異的類型呀。」

「我連哪邊新哪邊異都不懂啦！真是的──把剛才的忘掉！」

：詩音媽咪終於吐槽了！莫名放心了！

：最恐怖的是老師並沒有要耍笨的意思。

：詩音媽咪只是想到什麼說什麼吧笑。

：其中蘊含著愛嗎？

：現在是在講什麼東西啦？

「唉，我知道了。老師我就在此露個一手吧。最好是地球人也能懂的範例對吧？那我的題目是……『體育館和保健室』喔。」

＋＋＋

保健室「我討厭你。」

體育館「妳突然說什麼啊？」

保健室「今天又有學生在體育館受傷之後來我這了。是你的錯。」

體育館「哦，這樣啊。我倒是挺中意妳的。」

保健室「嗄？為什麼？」

體育館「只要有妳在，學生就能放心運動啊。」

保健室「…………」

體育館「…………」

保健室「我、我不太討厭你這樣的個性喔。」
體育館「啊？妳說什麼？妳有時候講話聲音會變很小聲，聽不太懂啊。用丹田發聲啦。」
保健室「……唉，運動系社團的傻勁真的很煩耶。」
體育館「比冷冰冰的個性好多了吧。啊，還有妳白皙又乾淨，以及藥品的味道也不錯。」
保健室「嗄？你突然說什麼……真是低級！別看我！」
體育館「啊哈哈哈哈哈哈！」

＋＋＋

「就是像這樣喔！酸酸甜甜！這就是清純！心臟都要怦怦亂跳了！」
「光完全聽不懂喔！」
「真沒辦法，若是替換成妳們能懂的作品，那就是只〇告訴你喔！」
「收到告知而往來那兩處場所的就只有傷患而已喔！」
「不然就是〇戀！」
「的確是假的，妳這不是很懂嗎？」
「好的，淡雪同學妳被退學了。」

「「「？」」」

：這是新人開除前輩的歷史性瞬間。

：那可是啟蒙妳加入的前輩喔www

：雖然問這個有點晚了，但它們為什麼會講話？

「唉，我知道了。看來對於各位來說，就算只是回答這麼簡單的題目都很不容易呢。我們換個方法吧。」

我們繼續上課……

「老師我大致明白了。果然大家都缺乏對人類之外的事物產生性慾的能力呢。這也難怪妳們沒辦法好好回答問題。對不起喔，我太小看大家愚昧的程度了……」

「我總有一天要把妳沉進強〇之海。」

「為此！老師我現在想播放一支珍藏影片，喚起大家內心的性衝動喔！」

「要開始上色色的課程了嗎？」

「要開始上了。」

「那我要把妳丟進鈔票海裡面。」

「小咻瓦冷靜一點！至少要記住自己以外的人幾秒鐘之前講的話呀！妳現在只是把腦子裡想的東西轉換成會產生性衝動的影片而已！以老師的作風來說，那絕對不是什麼正經的影片呀！」

「會是什麼影片呢？會是男女比1比10000000000的世界之類的嗎？」
「太極端了吧？」
「不對，根本不需要男人啊。我一個人面對10000000000的世界就好。」
「小咻瓦，妳是和世界為敵了嗎……？」
「欸，小咻瓦！性衝動是什麼東西？」
「要我告訴妳嗎？」
「嗯！」
「好咧——爸爸我要為小光努力一番啦——！」
「這小嬰兒沒救了，她滿腦子都是性慾了……」
「老師我覺得那種人不會是小嬰兒喔……」
老師在吐槽的同時操作畫面，做好了播放影片的準備。
而影片隨之播出。
「這是老師我的個人電腦喔。」
映在畫面上的，似乎是老師的個人電腦，看起來並沒有什麼特別之處。
這時，一隻戴著手套的手伸了過來，按下了光碟機旁邊的按鈕。
嗡——

光碟盤退了出來。而她隨即放上了一張不知內容為何的光碟片。

嗡——

在按下同一顆按鈕後，光碟盤便收進了電腦之中。

我以為那張光碟片蘊藏著某種祕密，但不知為何，在電腦開始讀取光碟片之前，那隻手再次按下了光碟機的按鈕。

嗡——

退出來了。按下按鈕。

嗡——

收回去了。然後一再重複。

嗡——（退出）

嗡——（收回）

嗡——（退出）

嗡——（收回）

嗡——（退出）

嗡——（收回）

而在重複了好幾分鐘後，那隻手終於不再讓光碟盤退出，電腦開始讀取光碟。而拍攝的角度隨之轉向電腦螢幕，顯示出播放音樂的畫面。看來那片光碟是一張音樂CD的樣子。

不過裡頭的曲子似乎只有一首而已，曲名則是「誕生」。

而我還沒聽到歌曲的內容，動畫就這麼結束了。

??

「怎麼樣？不覺得超級色的嗎？」

「「「咦？」」」

???

「怎麼了？」

「呃——剛才的影片是什麼意思呢？」

「光同學，妳問這什麼問題呀？這當然是電腦和光碟機進行著交配行為，最後將CD射進電腦裡面，電腦則在受精之後懷孕的色情影片啊。」

????

「這個動畫果然很糟糕呢——倘若今天不是開台直播，老師我早就看到濕成一片了喔。」

?????

「順帶一提，由於熱衷這種玩法太多次，老師我的電腦光碟機最近似乎被弄壞了，讓我有點頭痛。變成了鬆垮垮的光碟機了呢……但這又別有一番風味，也同樣讓人興奮呢！」

「請問……各位一直不說話是怎麼了？」

「我投降了。」

「什麼？」

待有所察覺之際，我已經輸得心服口服了。

「老師，光現在就向妳下跪道歉。」

「嗄？奇怪？」

「老師，要等我喔！總有一天，詩音媽咪也會成長到能夠完美地承受老師的一切喔！」

「咦咦……說起來這不是為了分出高下，只是輔助上課的教材呀……雖然莫名其妙就贏了，但沒有想像中的開心呢……」

：抱歉我不該說她是吐槽角色的。

：腦海裡迸出了黑暗惡魔登場的動畫。

：急徵能贏過秋莉莉老師的方法。

：我、我不曉得嘩！

：嗯，感覺根本贏不了。

「啊，差不多要下課了……哈，老師我都講了這麼多，結果還是對牛彈琴，看來Live-ON也不過爾爾呢。淡雪同學看起來也是一頭霧水的樣子，我都要為曾經對妳抱有期待的自己感到羞恥了。」

「也是呢，我是真的一頭霧水。到了這種境界，就連戀強○癖聽起來都顯得相當可愛呢——但我認可妳了喔。」

「……認可我了？」

「因為妳這不是超有個性的嗎！而且在實際交談過後，我能很有把握地說，老師並不是壞人。所以說，所謂的認可就是——呃——對啦！歡迎來到Live-ON的啦——！」

「…………」

「小咻瓦好像沒說錯呢。雖然吐槽了不少，但詩音媽咪也覺得這就是Live-ON本色喔！」

「正因為大家有所不同，才有成長的空間！光也歡迎妳喔！」

：對對對！

：畢竟有趣的人才是多多益善呢！

：有著出乎意料的可愛之處也很GOOD。

：歡迎歡迎！

：現在五期生到齊了，Live-ON的新時代要開幕啦。

「…………」

秋莉莉老師先是安靜了一會兒——

「唉，妳們果然很奇怪呢。真的是——啊哈哈哈哈！」

說完，有別於平時那種自暴自棄的笑法，也不是帶著嘲弄的冷笑——她發出了極為純粹的笑聲。

閒話　秋莉莉的私生活

秋莉莉作為Live-ON五期生的最終武器，為渾沌至極的Live-ON展示了出類拔萃的恐怖深淵，在V界投下了一枚震撼彈。

由於黑暗過於深沉，就連受過訓練的Live-ON觀眾們也受到了強烈的衝擊，甚至在期待的同時也抱持著同等程度的不安。

不過，隨著日子一天天過去，他們心懷的不安也逐漸被沖淡。其原因之一，便是匡和短劍會在直播時透露秋莉莉的私生活之故。

就讓我們稍稍窺探她的日常生活吧。

比方說——這是與住在同一間大樓隔壁的短劍一同用餐的光景。順帶一題，這兩人在以直播主身分出道後，短劍先是得知秋莉莉所居住的大樓適合作為直播的環境，隨後又擔心起秋莉莉邋遢的生活習慣，才會搬到她的隔壁。匡似乎也打算有朝一日搬進這棟大樓的樣子。

「我開動了。（嚼嚼……）嗯，今天也非常美味呢。」

「……」

「……為什麼一直盯著我看？妳也開始吃吧。啊，難道是老師做了什麼奇怪的事？」

「老師妳的一切都很怪喔。」

「妳是要我把茶几給翻了嗎……雖然是餐桌就是了。」

「沒有啦，老子也是前些日子才發現，老師原來是會正經地稱讚餐點美味的呢。」

「那個『原來』是什麼意思？」

「因為老師妳看起來就是會對餐點挑三揀四的個性呀。」

「那應該只是偏見吧……？」

「從老師妳的言行舉止來看，不充滿偏見才奇怪呢。」

「少囉唆…………我也不是每一餐都會邊喊著美味邊吃。我不是那種樂天派，一個人吃的時候幾乎都不會講話啦。」

「那為什麼和老子還有小匡吃飯的時候會說話呢？在家吃飯之際，妳有時候會誇到連我們都會感到不好意思不是嗎？」

「又沒什麼關係。啊——不對，這應該還是說了比較好吧……」

「快點告訴老子原因啦！」

「唉……是因為那些菜餚是妳們做的。」

「啊——？」

「所以說！妳們都特地為老師我做菜了，要是不稱讚幾句豈不是太沒禮貌了嗎！今天也是因為妳親手下廚我才會說的！這點小事不用我教吧！真是的，妳們這些小鬼頭老是這麼遲鈍！」

「────老師。」

「怎、怎樣啦？」

「老子覺得如果在直播上講這些事，妳會變得更受歡迎喔。」

「不用妳雞婆！」

「還有，我們做的菜如果不好吃，也希望妳能誠實告知喔。」

「……為某人親手做的菜，哪會有難吃的道理？對於天天都吃超商便當和泡麵的老師我來說，就更是這麼一回事了。」

「啊──原來如此！所以老師妳第一次吃我們煮的飯時，才會整個人垂著臉龐僵住了好幾秒啊！那是在感謝我們對吧！」

「啊────妳少囉唆！快點吃啦！」

「我們之後不是要叫壽司外賣嗎？要由我們來捏嗎？」

「我沒有堅持想吃到那麼噁心的地步啦！……我不會做菜，所以在值得慶祝的日子裡，我還是想用自己的方式來回報這份恩情的。妳可要表現得開心一點啊。」

「哦，所以妳才會一直強調要請客啊！我還以為妳是因為年紀最大，才會想用這種方式保住面子呢！」

「就說了不用把那些話全部講出來啦！」

就算腐化得再嚴重，也無法拋棄原本正經的一面。這便是秋莉莉在人生路上走得坎坷的原因，也是少數人才明白的魅力。

另外，由於短劍認為「既然老師不打算在自己的直播上講，那讓老子在自己的直播說就行了」，所以這段對話很快便呈現在世人的面前了。

秋莉莉當然為此抱怨了一番，然而因為這段佳話自然為秋莉莉的形象加分，因此在這之後，短劍也經常在各處毫不留情地揭露這些私生活之中的點滴。

終章　正式加入

在與老師合作之後的隔天——

「宮內匡！」

「短劍！」

「秋莉莉！」

「「三人聚在一起，便是Live-ON五期生！」」

我今天沒開台，正以休假模式關注著手機。在手機螢幕裡，Live-ON的五期生終於齊聚一堂了。

啊，不對，說得精確一點，在秋莉莉老師的出道直播裡，她們最後也湊在一起了呢。不過，那時候更像是給老師一個驚喜——或是在做效果整她，因此就達成共識的前提來說，這還是三人頭一次合作直播。

「等等，宮內同學！妳最後為什麼沒有一起喊呀！我們不是約好要一起說的嗎！」

「咦……可是宮內我雖然是五期生，但還是頂著Live-ON黑粉的頭銜呀……」

「光是願意陪我們唸到一半，老子就很感謝妳啦。倒不如說，光是纏了幾分鐘就答應用這種方式打招呼的老師，才是最讓老子嚇一跳的。」

「嗄？不是妳說要這麼做的嗎！」

「哎呀，畢竟老子原本以為老師會很抗拒的。不過就最後願意鼎力相助這點來看，老師果然對自己人超級聽話呢。」

「真的很聽話呢——」

「就算是自己人，我也不是會百依百順的！啊——害我害臊起來了！果然不該和妳們混太熟的！哼！」

我很好奇這三人聚在一起會擦出什麼樣的火花，於是便加入了觀摩的行列——

「哎呀，別鬧彆扭啦——說起來，原本我們一開始就要做三人合作直播，都是老師太害羞，所以才會延到今天的喔？」

「還不是因為妳們在我的出道直播裡講那些怪話，才會害我感到不好意思！」

「可是當天晚上明明就開開心心地當了慶祝派對的主賓啊。」

「啊啊啊！匡同學也別講多餘的話！」

與其說是火花……不如說完全就是感情很融洽的三人組嘛。

：**恭喜出道——！**

：這是日常類型的動畫不成？
：被兩個年紀小的女生耍得團團轉的老師動畫也太棒了吧。
：老師對自己人超級聽話，記下記下。
：非日常角色們的日常能稱之為日常嗎？（幾年前流行過的輕小說書名風格）

「欸——如此這般！我們今天在老師家裡叫了外賣壽司，所以打算邊吃邊閒聊喔！」
「老師，給妳醬油。」
「啊，謝謝匡同學。」
「老師，要吃紅薑嗎？」
「啊、嗯，我吃。」
「宮內我幫妳裝一小盤，等我一下。」
「那、那個……兩位，這種小事我可以自己來的……」
「妳在說什麼傻話啊，老師平常連這點小事不都是向我們求助的嗎？」
「宮內我覺得現在還想保持老師的尊嚴也太晚了。」
「啊啊啊啊——真是的！妳們為什麼盡說些多餘的話啦！把嘴巴拉上拉鍊！」
「欸，老師。」
「短、短劍同學，有事嗎？」

「嗯————……吧啊啊啊啊啊——」

「啊——真是的！妳這孩子真是！啊啊啊啊！」

「宮內我來說明一下，小劍剛才先是用力閉緊了嘴巴，然後像是從一側拉開拉鍊似的慢慢張嘴，露出了大大的笑容。」

嗄？那是怎樣？在我眼前做啦！我要殺進妳們家了喔！

：老師是被照顧的那一方，見解一致。

：這是怎樣……超讚……雖然搞不懂但是很讚……這就是貼貼嗎……

：要是看到小劍露出這樣的表情，我的心臟肯定會驟停。

：在同期面前以一副理所當然的態度摘掉兜帽這點很讚。

：奇怪？老師不是很討厭人類嗎？怎麼會被小劍可愛的樣子逗到大叫啊？

「啊？你、你們別亂講話，這種小鬼哪有什麼可愛的……」

「沒錯沒錯，老子是帥氣的女生，所以才沒這回事呢。」

「短劍同學……哎，就當作是這麼一回事吧。」

「老師，請說『啊——』。」

「嗯？啊咕，嗯。很好吃呢。」

「老師，也說『啊——』。」

「……啊咕。」

「喏，老師，茶來了。說『啊——』」

「啊——」

「啊——」

「啊——」

「啊——」

「……妳們是拿我當玩具吧？」

「「被發現啦。」」

「真是的……」

：總覺得要笑死。

：好放鬆的氛圍啊——

：一直啊啊叫，聽起來快變成嬌喘聲了喔。

：老師很自然地就聽話張嘴了呢。

：妄想要隨之增生了。

……我有點吃驚。看來這三人要好的程度似乎超出了我的想像。

要說為什麼會有這樣的想法，主要是因為她們相處得實在是太自然了。

她們的這些互動都沒有絲毫矯揉造作，而且每個人都自然而然地接受了對方的舉止。

小匡和小劍都表現得極為放鬆，讓我忍不住想問Live-ON黑粉和中二病的設定到哪裡去了？而對著兩人吐槽的老師似乎也樂此不疲，看起來莫名開心的樣子……

哎，一言以蔽之，我實在很想化為老師家的牆壁，永遠地眺望這一切。

：感情真的很好呢——

：我以為就這樣的組合來說，即使感情不好也是沒辦法的事呢。

：畢竟大家都很有個性嘛……

：畢竟是黑粉、失憶（暫定）和外星人啊。

：這已經是元宇宙了吧。

：搞錯了吧，是搞笑宇宙才對。

聊天室裡也能散見和我一樣感到吃驚或是意外的留言。

「我們的感情並沒有很好。身為大型公司的V，在正式出道之前得受到徹底保密，所以只能過著孤獨的生活。要比喻的話，就像是三人同時漂流到一處無人島上，就算再怎麼不甘願也要齊心協力。我們的狀況正是近似於此。」

「別講得這麼冷漠啦佐〇利（註：指日本兒童讀物系列《怪傑佐羅利（かいけつゾロリ）》）老師。」

「妳認錯老師了喔！」

「就是說嘛毛叢叢老師。」

「誰是毛叢叢啦！我再怎麼邋遢也是會把雜毛刮掉的啦！」

「老師妳究竟怎麼啦？是因為在直播所以才那麼緊張嗎？妳完全可以像平時那樣喊著『CHURYYYYYYYYY！』吐槽我們的喔？」

「我才沒發出過那種像是幼兒版DI〇（註：出自漫畫《JOJO的奇妙冒險》的主要角色迪奧，其代表性的喊聲為「WRYYYY」）一樣的喊聲！」

「小匡，老子想演一場DI〇大人誕生於世的小劇場。」

「雖然聽起來莫名其妙，但宮內我明白了。」

「生出來吧。」

「嗚嗚嗚……吸吸吐……就差一點……生了！」

「CHURYYYYY！」

「喔喔！是個活潑的寶寶呢！」

「老子要開始當人類啦！媽咪咿咿咿咿咿咿！」

「太過活潑了。」

「唔，感情很不好對吧？在剛認識的時候，我們其實相當拘謹，結果現在都變成這種樣子了。不如說看起來像是感情惡化了呢。」

「說是這樣說，但老師總是黏著我們不放呢。」

「光是五個小時沒回訊，她就會傳來『請問……我是不是說了什麼讓妳心情不好的話？』一類的訊息呢。」

「不要啊啊啊啊我受夠了！我要關台了啊啊啊啊啊！」

畫面傳來了像是在制止老師操作似的砰砰聲響。真是讓人暖心的場景，是一座用來看的溫泉啊。

：秋莉莉老師好可愛。

：非直播期間的小故事太強了。和平時的反差有夠大。

：原來是因為有知曉本性的同期存在，才能完整塑造出她的個性啊。

：不妨像是湯姆．霍蘭德那樣多爆些料吧。

：快用二十四小時跟拍的形式直播秋莉莉家的日常生活啦。

三人似乎好不容易冷靜了下來，只見她們喘著氣回到了麥克風前面。

「呼、呼，這兩個死小鬼。還有，什麼叫秋莉莉家啦？說起來為什麼每次都是老師家被當成聚會場所啦！今天的直播明明也可以用遠端連線呀！」

「因為要是沒有老子和小匡在，老師就只會過上不健康的生活啊。」

「如果想抱怨，請先養成良好的生活習慣吧。」

「真是雞婆的兩個小鬼……」

：好想看非直播的光景。

：老師那種在無意識之中被毀掉距離感的感覺真讓人欲罷不能。

：五期生的團結感相當強啊。

：其他期生的感情也不錯，但這大概是最像一家人的。

：這種的也挺讚啊。

〈晝寢貓魔〉：對身為Live-ON黑粉的小匡來說，這兩人不算妳的敵人嗎？

「喔喔喔？糟糕！貓魔前輩來留言啦！」

「咦？真的？……啊，是這則留言呢。」

看來對這三人組感到在意的不只我一人而已，貓魔前輩也在看台呢。我想應該還有好幾名成員正在看直播，只是沒有留言罷了。

說起來，關於貓魔前輩的留言……原來如此，對於小匡來說，小劍和秋莉莉老師雖然都是同期，但她們更是Live-ON的一員。換句話說，身為黑粉的她勢必與這兩人開戰，所以才會問她是否安於現狀吧？

經貓魔前輩這麼一說，我也稍微有點在意。雖然就目前看來，她們是沒有爭執的跡象啦……

「嗯——……這兩人應該沒問題吧。啊，我這不是在袒護自己人喔。」

「為什麼啊？說起來老子好像沒問過這方面的理由啊。」

「為什麼呢……嗯……因為小劍很少開黃腔，就算開了也只是小學生的等級，所以宮內我雖然會出言提醒，卻不會為此爭執。我並非為黑而黑，只是將思想與自己不合的直播主視為敵對的對象。」

「耶——好朋友——！」

「至於老師……儘管還有點摸不著頭緒，但已經算是安全人物了。」

「理由怎麼突然變得隨便了起來？」

「因為老師每次談論性癖好的時候，多半是些莫名其妙的例子……既然無法理解，自然也不會有爭執的念頭。」

「這不是挺好的嗎，和平就是好事喔？」

「……總覺得不太服氣……」

〈晝寢貓魔〉：原來如此喵——

：是基於奇蹟般的平衡感而成立的關係呢……

：這也是照著Live-ON策劃的劇本走嗎？

：總之就是憑著一股氣勢用力衝！（以上為劇本全文）

：感覺會用「總之覺得很酷」的感覺把新〇紀福音戰士做出來。

看來她們是屬於那種習慣成自然的關係啊……

「雖然聊天也不錯，但老子要先吃點壽司了。還真難挑呢……喔，有豆皮壽司耶，我要吃一個嘍。」

「豆、豆皮……」

「嗯？小�怎麼了？啊，是看起來有點孩子氣嗎？可是老子很喜歡豆皮壽司呢。」

「呃、不，宮內我覺得很成熟喔……」

「欸？真假？為何？嗯咕。」

「啊……因為那非常色情呢……」

「嗯嗯？咳咳！咳咳！嗚嘎？飯跑進鼻子裡了啊啊啊！」

「妳沒事吧？要用衛生紙嗎？」

之後先是靜音了一段時間——大概是小劍在擤鼻子吧。真是熱鬧的一家人啊——……

「抱、抱歉，老子回來了。小匤妳也真是的！別突然講怪話，害老子嚇得都噎到了！」

「呃、不，但小劍吃豆皮壽司的光景，不管怎麼想都觸犯了播映規範吧……」

「也思春得太過頭了吧！妳是一百年後的YoTube不成！」

「對宮內我來說，並不討厭YoTube的方針喔。呵呵呵。」

「但作為直播主，老子倒是挺頭疼的，還是放過我吧……」

「不過，匡同學，老師我能明白妳的感受喔。豆皮壽司很色情呢。」

「咦？連老師都懂？妳是認真的嗎？為何？」

「因為赤裸裸的白米被豆皮緊緊包住了呀？雖然有許多妄想的空間，但如果將包裹的過程當成床笫情事，這就是完事後的場景，也就是被抱著漸入夢鄉喔。豆皮壽司象徵著完事場景，妳們回去之前可要記住了。」

「……小匡也是想著這樣的內容嗎？」

「請別把宮內我和這種傻瓜混為一談。」

「別對著老師說傻瓜！」

「妳不也叫我們死小鬼嗎？」

「老師的話沒關係啦──因為我的地位比較高呀──」

「要是妳和我們的立場交換呢？」

「哈！那當然是立刻裝成一副受害者的樣子在網路上大肆批判老師，準備讓她被社會封殺啦！我要讓她知道，現代的老師之所以都是由落伍的白痴來當，全都是因為學生縱容！」

「好咧，小匡上吧！」

「嗯！嗚嗚嗚……宮內我今天被學校的老師臭罵了一頓，心靈已經崩潰了……」

「沒用的。我秋莉莉沒有教師執照，所以這麼幹也不痛不癢。」

「這種說法反而是老師會受到重創吧！」

「比起臭罵學生的老師還要糟糕……會立刻被開除喔。」

「對於傳授愛之課業來說，執照根本一點也不重要。既然身為無照的野雞講師，那世間的規則就無法束縛老師我了。我就是規則。都記好了，愈是弱小的人，才愈會執著於執照和資格喔。」

「老師如果是強悍的人，那宮內我當個弱者就好了。」

「老子也不想成為會講這種話的大人啊。」

「我生氣了，老師我要吃掉鮪魚了。」

「應該說妳為什麼到現在都還沒吃啊？」

「宮內我也說過，別把特別好的部位讓給我們啊。」

「吵死人了……只是因為油脂多的吃起來對胃不好啦……」

：無照笑死。

：光靠一個豆皮壽司就能把氣氛炒得這麼熱，好厲害的關係啊。

：總覺得聽著聽著就莫名感到不安了。

：請把那個米給我。

：不准把哪個米說出來。

「話說回來，妳們兩個也要好好專心吃飯啦。」
「都是稻荷壽司很色的錯。」
「是這樣呢。」
「別推卸責任啦！如果想用三大需求概括而論，那就和先前提到的邊睡邊吃意思是差不多的！儘管被視為常識，人們卻很容易遺忘該向食物端到面前之前的過程表達謝意的行為。這是很重要的事吧？」
「哼，我看妳才不懂呢！性慾和睡眠慾完全是兩碼事。老師我不僅會品嚐食材，同時也會對其產生性衝動。若是換個角度來看，這便是對食材最為崇高的熱情了。」
「連宮內我也覺得這有詳加議論的必要喔……」
「是是是，老子懂了。老師或許對食材確實是投注了熱情，但還是得好好懷抱著謝意喔。」
「好——」
「這點小事我當然懂了。」
「不過老師吃東西的時候總是會大喊好吃，這樣的提醒或許是多慮了。」
「妳把那件事拿出來講的行為，老師我至今都懷恨在心喔！」
小劍明明就講得頭頭是道，但我實在很想吐槽一個失憶的人為什麼還能教導別人什麼叫常識……而且對象雖然無照，但終究是個老師喔……

小劍，妳為什麼就是和失憶這個屬性這麼不合拍呢……

「呃，再次言歸正傳……應該說我們原本在聊什麼？」

「應該是宮內我對於兩位的想法吧。」

「啊——是那個呢。就老子而言，我是把小匡當成氣味相投的朋友喔。」

「……被妳這麼說真教人開心。果然出外就是要靠朋友呢。」

「但悶騷這點有些美中不足就是了。」

「宮內我才不悶騷啊？」

「至於老師則是……」

「……怎麼樣？」

「需要關照的大人？」

「這種存在糟透了吧！不理妳了！」

「不是啦，妳誤會了！老子不是在罵妳！是覺得需要讓人照顧的樣子很可愛啦！」

「這只能用來形容小孩子啦！」

「還有，果然老師是很正經的人呢。」

「……在這個世道，正經反而是一種缺點喔。要是不瘋癲一點，人就會活不下去。老師我今後可是會大鬧一番的喔。」

「是嗎？但老子喜歡正經的人喔。」

「…………是喔？」

「老師的臉變好紅，是在害羞了呢。」

「給我把眼睛拉上拉鍊！」

「這種說法有點恐怖呢……」

老師正不斷地從燃(Moe)系角色（容易擦槍走火的意思）轉化為萌(Moe)系角色……這世上肯定有許多被第一印象誤導，但其實充斥優點的人呢……有深知優點的同期伴隨，便是箱這種模式的獨到優勢。希望她們今後也能多多爆料。

「好啦，最後輪到老師妳了。」

「咦？輪到我什麼？」

「妳是怎麼看待我們的話題啦，就只剩老師還沒說了。」

「呃……」

聽到小匡和小劍的要求，老師明顯露出了厭惡的反應。

「不能不講嗎？」

「「不行。」」

「呃——……老師我其實也覺得自己這樣說很不厚道，但我們也相處了不算短的一段時間了吧？這種事已經不需要特別說了吧？」

「對我們來說是這樣沒錯，但對於觀眾們來說，這是他們首次看我們的合作直播，所以有必要向他們解釋這段關係喔。」

「況且，就像宮內我和小劍的感想讓老師吃了一驚那般，有些事情也是得化為話語才能傳達出去的喔。」

「……唉，我知道了啦。對於妳們的第一印象啊……」

老師先是沉吟了一會兒，才終於開了口：

「匡同學是……好色小鬼？」

「妳討打不成？」

「好可怕？但我說的是事實吧！」

「哎，老子其實也是這樣想的，畢竟剛才也講了類似的話嘛。」

「真難以接受……沒有其他感想了嗎？」

「自戀的傻瓜。」

「老師，宮內我的成績很優秀，之所以看起來高傲，是因為我身為偉大宮內家的一分子，所以這是很正常的狀態呢。」

「讓我告訴妳一件好事，所謂的高級國民都是可燃物喔。」

「別教小匡奇怪的知識啦！」

〈宇月聖〉：咦，秋莉莉剛才叫了聖大人嗎？

〈晝寢貓魔〉：妳認錯人了，而且聽到自戀的傻瓜就以為是在叫自己也太糟了吧。

〈宇月聖〉：被假餌釣到了熊（註：出自2023年的遊戲「熊之歌（くまうた）」的主角白熊，後來被創作為AA（ASCII Art，以ASCII編碼進行藝術創作的作品）角色，特徵是會以「熊」作為語尾）——

：不如說上鉤的是跑去妳直播的觀眾們喔。

：這女人是用外表撒餌的詐騙分子。

〈宇月聖〉：真不可思議，和觀眾們在一起，就讓我有暖呼呼的感覺。

：暖呼呼（揍人的聲音）。

：剛才的互動會產生這麼可愛的擬聲詞嗎？

：不是暖呼呼，我要把她啪砰砰一頓。

：哪有什麼不可思議的地方啊？

〈宇月聖〉：我也想把觀眾啪砰砰一頓。

：別惱羞成怒啦。

「……還有，我覺得妳很年輕。」

「妳又要把宮內我當傻瓜了嗎？」

「才沒有呢。妳現在或許會這麼想，但等到有了年紀，妳就會明白年輕是多麼可貴的一件事。不只是外表而已，連內在也一樣。學生時代雖然不長，但畢竟也是濃縮了超過一半以上的人生啊。」

「唔嗯……哎，如果是在稱讚我，我就欣然接受吧。」

「妳這囂張的態度倒是得改一改啊。」

……老師剛才是真的在稱讚小匡吧？不曉得是不是我多心，但她的語氣相當嚴肅。

話又說回來，學生時代濃縮了超過一半以上的人生啊……總覺得老師話中有話，同時也莫名有種寂寥的氛圍……

希望老師今後的直播主生活，能帶給她等同於——不，是超越了學生時代的價值。我衷心地這麼想著。

「是說，老子呢？老子呢？」

「短劍同學……在社交方面意外地挺正經的？」

「哦，聽起來挺不錯的嘛！」

「但是個天生的傻孩子。」

「是這樣沒錯呢。連我們有時都會忘記妳有著失憶的設定呢。」

「啊——？…………啊、啊啊！不對不對！老子才不是傻孩子！」

「剛才那段空白是怎麼回事？」

「小劍……妳該不會連自己都忘了設定吧……」

「才、才沒忘記咧——！老子的腦袋空的要命！而且那不是設定，是真的！」

：小劍已經和大部分的前輩打好關係了，真厲害。

：因為她有惹人疼的屬性吧。

：好強悍的後輩之力。

：小劍的那個「啊——？」讓人有種智商只有3的感覺。

小劍……放鬆是好事沒錯，但也別太過鬆懈啦……

「不過，到這部分為止，應該都是大多觀眾知曉的部分吧。其他的話——……啊，妳也有著和匡同學不相上下的奇怪之處喔。」

「不會吧——？」

「雖然我沒辦法形容得很精確……但妳有時候會很失控呢。」

「宮內我也心有戚戚焉呢。小劍給人一種要是在路上看到美麗的蝴蝶，就會忘我地追逐上去的感覺呢。」

「把老子當小學生嗎！」

「只不過，妳維持這樣說不定也是好事。畢竟妳的本性很純真，所以周遭的人們也會面露微笑地守護妳的。」

「真的嗎──？」

「看在旁人眼裡，比起好逸惡勞的人，努力奮鬥的人看起來更為閃耀喔。」

「呵，但比起光明，老子最近更受到黑暗的寵愛喋？」

「「是是是。」」

「真是的──！」

：原來會失控嗎？我以為她是個很會講話的孩子呢。

〈山谷還〉：最會講話的孩子在這裡喔。請各位訂閱還的頻道。

：哎呀哎呀，妳也失憶了嗎？

〈山谷懷〉：嗄？我不想就職，所以要聽還模仿高潮叫聲或是老太婆的聲音嗎？

：對不起。

〈山谷還〉：這時候道歉已經是一種攻擊了喔。

忘記關台的妳還真有臉說（晚了一拍的自嘲）。

真是的，冷靜下來之後，才發現我實在有太多前科，根本沒辦法說別人的不是呢。實際上，我現在的狀況就等於是忘記關台之後的延伸，所以已經再也無法擺脫那起事件了。

大家好，我是搞笑功力雲合霧集，直播卻無法關門大吉的心音淡雪。

妳在亂說什麼東西啊？

在那之後，雖然直播上沒發生什麼大事件，但出現在聊天室的前輩們接連成了話題，讓這場直播持續以輕快的對話節奏進行著。

聽似吵鬧卻又讓人安心——想讓人一直聽下去——

這充其量只是姊妹淘三人組的日常一景，但也因而美好至極。毫不做作的自然之美——她們或許沒有自覺，但這處空間顯然已經成了一片聖域。

過了一陣子，她們吃完了壽司，一同喝著熱茶稍作小憩。看來直播差不多要結束了呢。

「欸欸，在直播的最後說些扣人心弦的話吧？」

「喔，不錯的建議。宮內我也想在結尾營造個亮點呢。」

「咦～不要啦。反正關台之後又會感到害羞，要做的話就妳們兩個上吧。」

「老師真不識相耶——！我們正要踏上這條黃金大道，至少得在起點處做個宣言吧！」

「哈！還真是幸福啊！老師我在這個世界上，最討厭的就是妳們這種不曉得天高地厚的傻小鬼了！」

「妳相信嗎？這句話是出自一個老師之口喔？」

「妳說誰是那種會有人上傳到YouTube廣告區的校園復仇劇漫畫並在連載第三話死掉的壞老師

啊？」

「老子明明就看過這類漫畫，卻完全想不起標題，老師規避版權的本事好強啊。」

：要結束了啊——

：聲音帶了點睡意笑死。

：吃了很多，了不起。

：沒人那樣說啊www

：肯定是壞事（無照）遭到揭穿之後被逐出學校吧。

「老子不是要說什麼生硬的台詞啦。怎麼說，只要講些像是抱負之類的話就行了。老師也來吧？」

「哎，如果只是這樣……」

「抱負嗎——……淨化Live-ON如何呢？」

「那是小匡個人的目標吧……對啦，成為開關的使者之類的如何？」

「饒了我吧。說起來那才不算是抱負吧？」

「小劍，所謂的開關可是有著創世的意義喔……五期生就現況來說，是距離Live-ON最為遙遠的存在……」

「老、老子知道……抱歉，老子其實不曉得。」

「老師我已經覺得有點麻煩了，不如就用征服世界如何？」

「老子贊成！真不愧是外星人，格局就是宏大！」

「反正一定辦不到嘛。」

「志氣好小喔……」

「宮內我反對。因為這和我想淨化世界的方針恰恰相反。」

「若是用嘲諷的觀點來看，征服和淨化也是一樣的喔。」

「宮內我要爆老師其實還不太能適應YoTube短影音的料嘍。」

「妳已經爆料啦！」

：若是不解其意就用上帥氣的詞彙，最後都會招致失敗的下場喔……

：快承認妳們就是渾沌家族吧。

：不是生硬而是生草呢。

：短影音功能上線已經很久了吧www

：一旦上了年紀，就會變得很難學習新知啊……

三人在煩惱的同時也樂此不疲，真是讓人感到窩心啊。

——感到窩心啊……呵呵。

眺望著此情此景並萌生這般感想，讓我為自己報以一笑。

這樣啊——看來我真的已經解開心結了。
她們這些五期生的互動……宛如一家人般的互動，或許是過去的我所無法直視的。
但我現在能全盤接受這一切。這讓我有些開心，又讓我感到心癢難耐，最後下意識地笑了出來。
「那決定好了吧？等老子喊一二三就說嘍？」
「匡同學，聽見了嗎？妳這次也要跟著喊喔？」
「我知道。畢竟這次達成了共識，所以宮內我沒有不說的理由。」
就在我想到這裡的時候，三人似乎已經有了結論。
她們喊著「一、二、三」——

「「「我們要在Live-ON引發新的旋風！！！」」」

她們這麼宣布著。
今後想必也是亂七八糟的日子——不對，既然成員增加了，那肯定會變得更加渾沌吧。
笑料、事件和感動也會跟著推陳出新，在Live-ON擔任直播主的生活真的一點都不無聊呢。
而且——我還為此無比期待。

新加入的五期生——以及迄今締結羈絆的成員們——希望大家能日復一日地加深感情，成為更棒更——棒的箱。

好啦，讓Live的按鈕維持在ON的狀態吧！

……啊，不不，剛才只是在玩文字遊戲，不是在說直播一直開著不關，還請多多見諒……

終章2 朝霧晴回覆蜂蜜蛋糕

這一天，Live-ON的一期生朝霧晴在自己的直播台裡回覆了蜂蜜蛋糕。

「要開始回覆蜂蜜蛋糕啦——！對啦，我肚子稍微有點餓了，就邊吃邊作答吧（嚼嚼）。」

@我之前就想問了，您那垃圾嘍囉般的運氣是與生俱來的嗎？@

「呵，這是在說什麼傻話？我的運氣可不差呢，畢竟我可是獲得了與這些美妙同伴們度過的每一天呢！」

：喔！

：好帥氣！好讓人感動！

：一期生萬歲！

：不過妳偏偏在長時間直播開始的瞬間搞壞了椅子，只能站著玩到結束呢。

：會在像創直播一台噴裝一次的只有妳了喔。

：抓完牌後明明是聽了十三張牌的國士無雙，對手卻是九種九牌（註：為日本麻將規則之一，若在第一巡摸完牌後，手裡有九張或更多的么九牌，就能攤開手中的牌並強行宣告流局）**以流局收場，那一局只能**

說是藝術了。

「嗚哇啊啊啊啊別讓我想起那痛苦的回憶喔喔喔喔！不知為何只要扯到開台，神明就會跑來把我打得滿地找牙啊！我的私生活明明就沒有那麼不堪呀！我的直播主才能太厲害了，真是對不起喔？啊哈哈哈！！（哭）」

@我效仿起晴晴用了胯下轉蛋，卻沒抽到自己的推。是我的愛不夠嗎？@

「你不夠的是錢喔。看過我的直播，應該知道在抽到保底之前能出就是超級好運了吧？啊，和轉蛋有關的蜂蜜蛋糕還有這一則喔。」

@我雖然很喜歡晴晴的轉蛋影片（看了就下飯的意思）（註：典出日本俗語「看著別人的不幸，飯就會變得好吃」），但晴晴在Live-ON之中，會想看誰的轉蛋直播呢？@

「拿我的影片配飯這點雖然讓人不爽，但姑且原諒你吧！嗯……想看誰呢……應該是恰嘛子吧？感覺她會發出很棒的叫聲呢！還有就是有卿吧？要是淡淡卿出現在手遊裡，她會不會把淡淡卿抽到塞滿整個箱子呢？啊，還有小刀！我是在說五期生的小劍喔！那孩子的金錢觀似乎還維持得很正常，所以我想看她抽得超爛讓手上的大錢消失殆盡感到絕望之後又被看到的觀眾們拿鈔票砸臉毀掉金錢觀念，進一步精神崩潰呢！」

：別給出這種露骨的回答啦！

：小恰咪的叫聲就像音〇蟀（註：電玩遊戲「精靈寶可夢」的寶可夢之一「音箱蟀」）**那般，會讓人愈陷愈深呢。**

：嘟嘟嘟嘟嘟嘟嘟嗚嗚嗚嗚wwww

：意外沒人性的晴晴超級喜歡。

：小刀讓我笑了，那已經是不同的刃器啦。

：難過的小劍……挺有哏的啊。

：爛透了……

＠我就直接問了，您真的理解了秋莉莉老師的想法嗎？若您明白，還請用一般人也能夠聽懂的方式教導大家。拜託您了（誠懇）。＠

「（嚼嚼）嗯咕。秋莉師真的很厲害呢……我一開始也是滿頭問號，過了大概三十秒後才若有所悟，但那之後馬上發現自己想錯了呢。」

：就連小晴都輸了嗎……

：不過能在中途若有所悟這點果然是天才。

：大概是那種能明白理論卻不明其意的感覺吧？

「接下來要說的是機密資料喔。其實在審核秋莉師的時候，整間Live-ON都前所未有地陷入苦惱呢。從比那個淡淡卿還要苦惱這點來看，是真的很不得了喔。不過那時已經決定要讓會長和小刀成為五期生了，所以我們就抱持著『這些孩子一定有辦法！』的念頭讓她過關！就結果來說，只要看到五期生現在和樂融融的狀況就明白了吧！Live-ON是有一雙慧眼的！」

：原來如此！

：謝謝您提供的超稀有資訊！

：但老師逐漸被學生們踩在頭上……

：從相遇的時候就如此神聖……

：這已經是命中注定了吧。

@這世上雖然存在著

「♬Do——是檸檬(Lemon)的Mi——」

這樣的派別，但我推的當然是

「♬Do——是檸檬(Lemon)的So——」

這樣的派別。

晴晴是怎麼想的呢？@

「♬Do——是檸檬(Lemon)的Fa——www你只是想聽我這樣說吧！別開玩笑了！」

@記得您以前說過要和小淡吃蟋蟀呢！進展如何了！@

「好的，我手邊有淡淡卿來公司時錄下的語音檔，大家請聽。」

「淡淡卿！一起來吃蟋蟀吧～！」

「咿嘩呀啊啊啊啊啊——？？住手呀————！！別拿那個靠近我————！！」

「淡淡卿，妳為什麼這麼慌張啊？」

「看到有人一見面就拿著錄音筆和蟋蟀逼近，任誰都會這樣吧！」

「這是可以吃的喔？」

「問題不在那啊啊啊啊——裡！」

「咦——？可是淡淡卿，妳在紀念收益化的時候有說過要和我一起吃的吧？難道妳說謊了？」

「不是那樣說的吧！那只是類似趁勢答應之類的口頭約定！我絕對不吃！」

「咦——……好吧，妳這麼討厭的話就不勉強了。」

「呼、呼，原來您能體諒呀，太好了……」

「我想說機會難得，可以用這種方式和淡淡卿邊吃邊親熱嘛——」

「請等一下。」

「嗯？」

「您剛才做了什麼？」

「哪有什麼……就只是叼著蟋蟀的頭對著淡淡卿，想餵妳吃而已啊。」

「難、難道說，您是要和我共享這隻蟋蟀嗎？而且還叼著牠朝我靠近——不、不會吧，您應該不是要我用近乎接吻的姿勢吃牠的屁股吧？」

「妳在說什麼呀？當然就是這麼一回事啦！我們不是說好要一起吃了嗎！」

「————」

「不過呀——既然淡淡卿不喜歡——」

「請等一下。」

「身為前輩也不該強迫後輩做些不喜歡的事嘛——」

「ＳＴＯＰ。」

「哎，我就當作那是在開玩笑，就此不再追究吧。」

「我不是要您等一下了嗎！！」

「喔、喔喔？淡淡卿，妳為什麼這麼激動啊？」

「我們來吧！親……不對，現在就來吃蟋蟀吧！」

「妳只是想接吻吧？」

「對！啊不對沒有沒有，我只是突然超級想吃蟋蟀而已！」

「慾望還真是表露無遺……但碰嘴唇終究是不可以的喔。」

「咦咦……好吧我要是親上去心愛的真白白也會生氣所以也沒辦法了……」

「但我准妳接觸到距離一公釐的位置。」

「呼！呼！呼！呼！我、我要上了！我真的真的會接近到一公釐的位置喔！」

「這女人已經不打算遮掩本性了……算啦，嗯！」

「呼！呼！咕嘟……啊、啊咕！」

「嚼嚼嚼嚼嚼……」

「哦——意外地挺好吃的呢。淡淡卿是怎麼想的？」

「——嘔。」

「淡淡卿？」

「嘔噁☆Nice Boat☆（註：動畫「School Days」最後一集由於內容過於血腥，部分播映版本在相關場景插入了船隻駛過湖泊的風景影片，後來便被揶揄為「Nice Boat.」）」

「淡淡卿咿咿咿咿咿咿咿！！」

「發生了這樣的事喔！嗯——看來不合淡淡卿的胃口呢……可是我覺得不難吃啊——（嚼

嚼）」

：大草原不可避。

：晴晴真是神機妙算。

：那女人不直播的時候也會吐喔？

：全世界最適合嘔吐的女人。

：藉由reverse（嘔吐）讓人生reverse（反轉）的女人。

：在這世界盡頭嘔吐的少女 YU-KI。（註：惡搞文字冒險遊戲「YU-NO在這世界盡頭詠唱愛的少女」）

：淡雪是由1%的嘔吐物和99%的強〇構成的。

：都是些乍聽很帥但其實不好聽的渾名……

：剛才有誰說了Live-ON是世界盡頭來著？

：清秀的比例是0笑死w

：讓吃蟋蟀的風潮流行起來……不還是算了……

：……………咦？

「下一則是最後的蜂蜜蛋糕啦！」

@請以一期生的身分，向加入五期生的嶄新Live-ON發表感言！@

「好咧，包在我身上！最後就讓我有個帥氣的收尾吧！咳咳！欸——……Live-ON真的成長茁壯了呢。此情此景，是我在協助創業的時候未曾設想過的光景呢。就連我這個天才也一樣喔。老實說，我既然有插手創立公司，就不覺得這一行會以失敗作收。只不過，我沒想到會網羅到這麼多充滿魅力的藝人，也被許許多多的人愛著——更沒想到自己會在其中過著充實的生活，感受到心靈被填滿的感覺——甚至有時會懷疑這只是一場美夢喔。只不過，即使是夢境也好。畢竟這如果是一場夢，只要讓這片美夢無垠無涯地拓展下去，在某天反過來侵蝕現實、弄假成真就行啦！無時無刻都亂七八糟又渾沌又超出預期，卻仍勇往直前，這就是Live-ON的作風！——好啦，雖然話題有點扯遠了，但無論這是現實抑或夢境，只要還繼續走在這條路上，成長就是不可或缺的。不過，只靠公司和直播主，是沒辦法達成這項目的的。你們知道缺了什麼嗎？沒錯，就是你！我們需要你的力量！因為我們總是和觀眾們並肩前行呀！由於有公司的經營，有直播主傳遞熱情，再加上觀眾們的支持，Live-ON才能成長到這一步喔！所以，我對這則蜂蜜蛋糕的回答如下！我要代表Live-ON向各位說一聲——今後也多多支持Live-ON！」

後記

感謝各位購買《V傳》第七集，我是作者七斗七。

這次的主角果然是五期生呢，我用了整整一集來介紹她們。儘管如此，就算後輩增加了，前輩們今後也會持續活躍，五期生才剛剛起步，因此我也要向各位說一聲——今後請多多支持Live-ON。

好啦，由於這次是第七集，這部作品也不知不覺間連載已久了呢。若是包含網路版在內，那就已經是整整三年了。經歷了這些時光，我也明白了自己在撰寫V傳時的大小事，故想和大家聊聊這個部分。

首先，我想說的便是：「要將VTuber寫成輕小說其實還滿難的吧？」除了要描寫現實之外，也得寫出V的獨特文化，還有無法透過畫作展示直播畫面等缺點。如果有人能毫無窒礙地創作，那我真的會很尊敬他呢。

特別是以V傳的狀況來說，不僅直播的橋段極多，加上作風狂放，因此隨著推出書籍版，我也為不斷增生的版權問題和禁詞數量感到綁手綁腳（像是明明想寫「蕾〇」，卻不得不選用語意略有不同的「百合」。來個人創造語意相同但不會變成禁詞的二字詞彙吧……我完全沒有要歧視任何圈子的意思啊……）。

最近增加的V類型創作之中，大多是以V的私人領域結合輕小說要素的作品居多，我想大概也得歸咎這方面的原因吧。

好羨慕！原來還有這一招啊！——我雖然這麼想著，但我之所以會想寫V傳的原因……這種說法或許有些流於主觀，但我認為正因為是創作，所以更要將VTuber引人入勝的一面，盡可能原汁原味地展露出來。總覺得是個聽了很難判斷是正統派還是邪門派的創作風格呢……唉，既然原本就是以這樣的主題開跑的作品，現在踩煞車也會顯得太不自然，所以我想盡可能以擦邊致敬的形式，在不破壞主軸的前提下，透過V傳向V致上我最崇高的敬意，所以我應該是不會改變創作的方向。畢竟我現在也很習慣撰寫這部作品了。

只不過，雖然有這些難題擺在眼前，但在我看來，對閱讀的一方來說，這想必是很有魅力的題材。在要推出V傳第一集時，編輯還曾和我以「以V粉絲作為客群的門檻有多高」為題討論得火熱，但由於V現在已經逐漸深入世界的各處，總有一天應該不用再擔心這樣的問題吧。

V系題材日漸增加，在炒熱了輕小說界的同時，能以創作者的身分協助散播V的影響力這點，也讓我個人感到十分開心。若讀者們有興趣，不妨試著挑戰看看吧？V的還原度和輕小說元素的結合，肯定還能衍生出更多的可能性才對。

在我開始創作之前，將Ｖ導入小說的作者就已經比比皆是，因此雖然這麼說讓我感到惶恐，但能推廣自己喜歡的東西，是真的很讓人開心呢。

最後，協助製作第七集的各位，以及為我加油打氣的各位，真的一直非常謝謝你們。讓我們在第八集再會吧。

義妹生活 1~8 待續

Kadokawa Fantastic Novels

作者：三河ごーすと　插畫：Hiten

「就算在教室，
我也想和你說更多話、想要離你更近。」

隨著升上三年級，悠太與沙季迎來重大的變化。重新分班讓兩人展開了在同一間教室的生活，逐漸逼近的大考與還沒抓到方向的未來藍圖，令他們不知所措。一直以來都在緩緩縮短距離的兩人，為了重新審視彼此之間過於親近的關係而「磨合」，不過——？

各 NT$200~220/HK$67~73

因為女朋友被學長NTR了，我也要NTR學長的女朋友 1~3 待續

Kadokawa Fantastic Novels

作者：震電みひろ　插畫：加川壱互

餘情未了？別有所圖？
以選美比賽為舞台，前女友即將展開報復？

在蜜本果憐的安排下，燈子被迫參加校內選美大賽，卻意外陷入苦戰。優提議以燈子罕為人知的可愛一面來博取支持，結果又是做菜又是穿泳裝，甚至還得展現令人難以想像的一面？兩人被前女友來襲的狀況耍得團團轉，戀情究竟會如何發展？

各 NT$220~250/HK$73~83

國家圖書館出版品預行編目資料

身為 VTuber 的我因為忘記關台而成了傳說 / 七斗七作；蔚山譯. -- 初版. -- 臺北市：臺灣角川股份有限公司, 2024.03-
冊；　公分
譯自：VTuber なんだが配信切り忘れたら伝説になってた
ISBN 978-626-378-652-3(第 7 冊：平裝)

861.57　　113000370

Kadokawa
Fantastic
Novels

身為VTuber的我因為忘記關台而成了傳說 7

（原著名：VTuberなんだが配信切り忘れたら伝説になってた 7）

2024年3月25日　初版第1刷發行

作　　者：七斗七
插　　畫：塩かずのこ
譯　　者：蔚山

發 行 人：台灣角川股份有限公司
總　　監：呂慧君
總 編 輯：蔡佩芬
主　　編：林秀儒
編　　輯：邱瓈萱
設計指導：陳晞叡
美術設計：李思穎
印　　務：李明修（主任）、張加恩（主任）、張凱琪

發 行 所：台灣角川股份有限公司
地　　址：104台北市中山區松江路223號3樓
電　　話：（02）2515-3000
傳　　真：（02）2515-0033
網　　址：www.kadokawa.com.tw
劃撥帳戶：台灣角川股份有限公司
劃撥帳號：19487412
法律顧問：有澤法律事務所
製　　版：巨茂科技印刷有限公司
ＩＳＢＮ：978-626-378-652-3